RONIN

Parti 1-3

Novelle de
I conquistatori di K'TARA

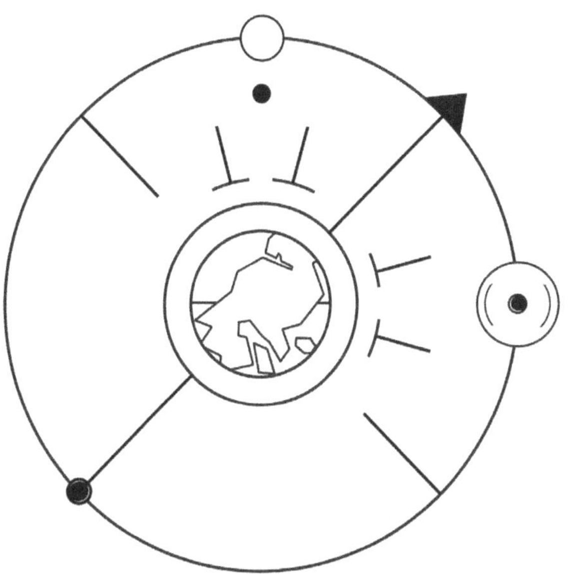

L.A. DI PAOLO

Traduzione di Paolo Pilati

RONIN Parti 1-3 – Le Novelle de *I Conquistatori di K'Tara*

Traduzione di Paolo Pilati

Titolo Originale dell'Opera: RONIN Parts 1-3 – *The Conquerors of K'Tara Short Stories*

ISBN: 979-8-9920388-2-8

..

Per quelli
che sognano del futuro e si chiedono…
che ne sarà

RONIN – Parte 1
Novella dei conquistatori di K'Tara

Ronin aveva deciso di scendere nelle pianure e di andarci per i fatti suoi, ignorando i consigli di tuttə, compresi quelli del suo digi-mate e del suo amico Canyon, anche se i due avevano motivi diversi per tentare di dissuaderlo da quel piano. Quel giorno, si sarebbe recato nella vecchia, o — come direbbero in molti — decrepita, città di Boulder, dove gli era giunta voce che si potevano trovare due cose che aveva a lungo desiderato: provare un po' di veracarne e fare amicizia con una femmina tuttumana — sebbene non avesse idea di come fare per ottenerle. La discesa era andata proprio come gliel'avevano raccontata: stressante. Prima i controlli di sicurezza, poi i controlli sanitari — che non avevano tanto lo scopo di proteggere i downsider, quanto quello di ottenere dei parametri di confronto per quando sarebbe tornato e preservare gli upsider da eventuali contaminazioni — e infine i colloqui, in cui era stato costretto a perdere quindici minuti ascoltando un funzionario governativo paranoico che spiegava a lui e agli altri viaggiatori cosa fare e non fare una volta approdati a Downside, oltre ad ammonirli in merito alla prolungata vicinanza fisica con la gente del posto e il divieto categorico di contatto fisico con loro, in particolare per gli upsider come lui, con corpi per lo più organici — erano due tra le dozzine di persone presenti ai colloqui.

Il viaggio in sé da Upside alle pianure era durato appena dieci minuti, ma non gli sarebbe dispiaciuto se fosse durato di più, perché la vista era meravigliosa a dir poco. Vedere con i propri occhi i crinali calanti, le vaste distese di terra arida con le loro sfumature rosse e fulve incredibili, e quell'antica città sullo sfondo: vedere tutto ciò con i propri occhi era ben più inebriante di qualsiasi cosa avesse mai provato nel Virtuale.

Tuttavia, una volta giunto a destinazione e uscito dal trasportatore, constatò che gli si erano intorcigliate le budella peggio di quel che si aspettava. Quei suoni inconsueti e i volti stranieri, quella strana calura e i panorami sconosciuti; tutto ciò sopraffece Ronin. Solamente la presenza di alcune guardie del Controllo — per quanto strano — con il loro aspetto sintetico e i loro tratti riconoscibili, infondeva in lui un certo conforto. Eppure, aveva voluto andarci a tutti i costi, l'aveva deciso, malgrado gli avvertimenti. Così, dopo un breve attimo di esitazione, aprì la sua mappa mentale e cercò le indicazioni per il mercato centrale, di cui gli aveva parlato l'amico Canyon, quindi iniziò a camminare. Mentre partiva, avviò l'hack che gli aveva passato l'amico per restituire falsi segnali all'Agenzia Planetaria di Monitoraggio in merito alla sua condizione e localizzazione. La procedura lo agitò, ma l'aveva testata insieme a Canyon prima di partire e funzionava. Pregò, dunque, affinché continuasse ad andare. Disattivò anche tutte le comunicazioni private per non essere disturbato da qualche amico che desiderasse conversare o ficcare il naso durante la sua visita a Downside — un luogo che aveva smesso di evolversi ormai da secoli, pur essendo il luogo in cui l'umanità era nata.

Mentre camminava, seguendo le direzioni che si manifestavano nella sua mente, con la dimestichezza tipica dell'esperienza personale, Ronin si afferrò il pollice preoccupato. Poteva visualizzare a piacimento le informazioni — semplici o complesse — e poteva manipolarle, processarle tutte insieme con una qual certa familiarità; e allo stesso modo i ricordi trapiantati in lui artificialmente. Tuttavia, le sensazioni, le emozioni e i pensieri, ciò che è soggettivo, necessitavano di essere vissute per poterne fare esperienza. Perciò, pur riconoscendo le tipologie di volti, corpi e vestiti della gente intorno, le impressioni che scaturivano in lui dalle memorie trapiantate lo stavano travolgendo, mettendolo sotto pressione. Ma a poco a poco, la tensione si allentò e lui riuscì a incrociare gli sguardi dei passanti e sorridere, anche se per poco e in modo forzato.

Trenta minuti dopo, si fermò di fronte alla bancarella di un venditore di risocarne. La pelle di quel maschio, così come la pelle degli altri tuttumani che aveva incrociato fino a quel punto, aveva un colore sporco, qualora non fosse addirittura sfregiata o deturpata dalle malattie e dall'inquinamento.

Dopo aver servito un cliente, il maschio si avvicinò e parlò. Ronin si chiese cosa stesse dicendo — c'era ancora gente che usava la propria voce per comunicare ad Upside, ma i suoni che uscivano dalla bocca di questo individuo erano incomprensibili.

Ronin gli fece segno di rallentare ed emise un mormorio forzato tramite il proprio dispositivo vocale con la speranza di essere compreso. Disse: "Me ne dai una succosa?"

Il maschio scosse la testa e pronunciò altre parole incomprensibili alla compagna, la quale squadrò Ronin calorosamente, prima di entrare nella bottega. Forse lei lo aveva capito? Quindi, gli avrebbe portato della veracarne? Così sperava.

Ronin attese pazientemente, anche se il sorriso sprezzante del venditore lo metteva a disagio. Quando quest'ultimo strabuzzò gli occhi per la terza volta, Ronin pensò: *Come osa guardarmi così?* Ma era sua la colpa, dopotutto. Chi era mai sceso da Upside per chiedere la veracarne? Di certo non lo facevano i cittadini onesti e rispettosi della legge. Infatti, erano solo i più selvaggi, come il suo amico Canyon, ad addentrarsi in quei luoghi: scendevano a divertirsi, esplorare e godere di tutto ciò che non era disponibile ad Upside. Canyon gli aveva confidato che, essendo illegale, bisognava sapere dove andare e come chiedere la veracarne e, anche se per il possesso non si veniva arrestati, il rischio era di essere comunque multati o umiliati. Questo venditore di risocarne era uno di quelli che vendevano la veracarne se si conosceva la parola d'ordine. Ronin l'aveva forse chiesta nel modo sbagliato? Sperava di no.

Ronin era sceso sulle pianure per fare due cose: innanzitutto, voleva provare la vera e propria ciccia, per la quale aveva sempre avuto una fantasia inspiegabile, poi, voleva conoscere una femmina tuttumana perché era stanco di relazioni virtuali e digiamori, e desiderava il tipo di compagnia e di amore che aveva potuto osservare nei vecchi film, nonostante proprio per questa ragione tuttə i suoi conoscenti ad Upside lo reputavano ambiguo.

Sebbene Canyon lo ritenesse altrettanto ambiguo, aveva accettato la stranezza di Ronin e gli aveva mostrato dei digirecord con femmine tuttumane che aveva incontrato lui stesso, durante i suoi molteplici viaggi a Downside. Inoltre, gli aveva detto che gliene avrebbe presentate alcune, se fosse sceso con loro la prossima volta. Tuttavia, Ronin non era un tipo socievole, perciò dopo aver indugiato a lungo cercando di automotivarsi e di farsi coraggio, si era finalmente deciso ad affrontare il viaggio in solitaria quella stessa mattina.

Dopo una decina di minuti, tornò la venditrice. Aveva un sorriso avido su quel viso butterato e paffuto, mentre lo squadrava con uno sguardo curioso. Ronin pensò che facesse così perché era la prima volta che vedeva un umano alto un metro e ottanta, biondo e dalla pelle liscia. Arrossì. *Ma che mi succede?*

C'erano anche altre tre femmine in piedi dietro di lei, una delle quali aveva due occhi ammalianti che la rendevano sorprendentemente bella. Tutte e tre lo fissavano tenendo le mani davanti alla bocca, in modo da coprire le loro risatine. Ronin si accigliò; non riusciva a capire se lo stessero deridendo o se cercassero di nascondere malamente l'imbarazzo provato nel vedere un maschio di Upside. Nel primo caso, era sua la colpa se appariva così fuori luogo: sarebbe dovuto partire con dei vestiti più appropriati. Infatti, portava gli abiti attillati e cangianti in voga ad Upside, mentre la gente laggiù era solita vestire largo e in tinta unita. D'altro canto, la possibilità che le reazioni delle donne fossero dovute alla seconda opzione, lo fece rabbrividire. In effetti, due di loro avevano uno sguardo eccessivamente predatorio che lo mise a disagio, in combinazione alla loro pelle macchiata e cicatrizzata dalle condizioni del pianeta e dalla costante degenerazione del genoma dei tuttumani, causata da una malattia virale che li aveva infettati qualche secolo prima. Era proprio questo uno dei motivi per cui il contatto fisico tra upsider e downsider era proibito, anche se Ronin aveva visto all'università un filmato ufficiale in cui si affermava che quella malattia non era più una minaccia.

Gli occhi di Ronin si illuminarono quando la donna dai capelli biondi, che aveva forse diciotto, ventidue o ventisei anni — non riusciva a capire l'età di quelle persone — mosse la mano e gli mostrò un sorriso che, in combinazione al suo sguardo ipnotico, lo scosse profondamente. D'altronde, aveva visto quelle espressioni — sorrisi che si estendevano sull'intero volto — soltanto nei film e mai sul volto di uno qualsiasi tra gli upsider, a prescindere che fosse neutro, maschio o femmina. L'effetto era tale che le sue cicatrici e le sue imperfezioni gli risultavano quasi belle.

Proprio in quel momento, la venditrice disse al maschio qualcosa che suonava come: "Eccattè, 'more. Quest'è pe'l psider".

Non era sicuro del significato di quelle parole, ma capì dai suoi sguardi che era tornata con l'oggetto dei suoi desideri. Fin dal suo arrivo, si era sentito fuori luogo e a disagio nell'interagire con la gente del posto, come quel bambino che si era avvicinato a lui per toccarlo mentre si recava al negozio e la femmina che poi era venuta a recuperare il bimbo lanciando delle occhiate diffidenti allo straniero e pronunciando delle parole per scusarsi. Ronin non aveva replicato in alcun modo, né aveva mosso un dito finché la donna non se n'era andata con il figlio. Eppure, non appena vide quel piccolo pacchetto illecito nella mano della venditrice, provò un'eccitazione segreta e riuscì a contenersi a stento dall'afferrarlo, tant'è che guardò i venditori ancor più ansiosamente di quanto già gli veniva naturale. Quindi, forzò un gracchiante "per favore" fuori dalla propria bocca.

Il maschio rispose alla *femmina,* che probabilmente era sua *moglie* — infatti la gente laggiù si univa ancora in coppia — e disse qualcosa che suonava tipo: "Grazie, pasticcino!" Dunque, prese il pacchetto con cautela, si voltò verso Ronin e glielo porse, dicendo: "La tua *succulenta*".

Ronin prese il pacchetto con un movimento quasi solenne. Non vedeva l'ora di farlo sapere a tuttə gli amici, ne sarebbero stati entusiasti. Proprio in quel momento, un odore incredibile raggiunse le sue narici, facendosi largo attraverso l'involucro, e — incapace di resistere — cominciò ad aprire il pacchetto, quanto bastava per sbirciare al suo interno.

A quel punto, la carnagione del venditore di riso passò da un tono olivastro scuro a un rosso furioso, e la sua mano colpì quella di Ronin, che si pietrificò.

Quando si rese conto della situazione, si guardò intorno, aspettandosi una squadra di poliziotti pronta a saltargli addosso. Eppure, lì non c'erano guardie e il suo cuore tornò a battere regolarmente. Con dei movimenti attenti, riavvolse per bene e con cura il panino nell'involucro, quindi lo allontanò dal naso per non sentire più quell'odorino invitante.

Ronin rivolse al venditore un sorriso dispiaciuto.

Il maschio disse di colpo, "Dovresti prende 'na bottiglia d'acqua."

"Acqua? No. Grazie. Non ho sete".

Il maschio disse: "Va be', quaccento".

Con un'altra espressione confusa, Ronin fece capire all'uomo che doveva ripetere.

Il maschio, con uno sguardo palesemente scocciato, scandì le parole: "Quattro. Cento".

Quattrocento?! Sapevo che sarebbe costato caro, ma quattrocento crediti... Sul serio? Ronin appoggiò il dito allo scanner, pagò il "riso" e fece per andarsene, ma qualcosa lo trattenne: la ragazza. Voleva conoscerla. Ma come poteva fare? Avrebbe voluto invitarla a uscire con lui. Ma cosa avrebbero potuto fare insieme? Lui non riusciva nemmeno a parlare come si deve. Maledicendosi, le lanciò un'occhiata veloce e se ne andò. Neanche un attimo dopo, sentì il *marito* borbottare e poi la *moglie* che emise dei suoni rassicuranti. Ronin si colpì la fronte, rendendosi conto di essere stato scortese, e si voltò per dire "grazie" alla coppia. Infine, lanciò alla *bellissima* femmina tuttumana un ultimo sguardo colmo di desiderio e se ne andò.

Di lì a poco, Ronin si fermò e pensò: *Dannazione! Vorrei ci fosse un modo per conoscere quella giovane femmina. Forse posso tornare più tardi... ma poi cosa le direi?* Così, si rimproverò per aver pensato davvero di poter andare fin lì e conoscere una ragazza, senza sapere nulla né della società di Downside né di come instaurare una conversazione con una persona non-connessa. Quando riprese a camminare, accantonò tutti quei pensieri frustranti e si concentrò esclusivamente sul pacchetto, che continuava a stringere con crescente euforia.

Sapeva che nessuno gli avrebbe creduto quando, durante la prossima diginnessione con gli amici, avrebbe raccontato ciò che aveva fatto. Ronin? A Downside? E con abbastanza fegato da chiedere della veracarne? Eppure, ce l'aveva fatta! Ce l'aveva fatta e aveva fatto *tutto* da solo! Tranne che... Ronin si proibì di continuare quel pensiero.

Ora, aveva solo bisogno di trovare un posto tranquillo dove sedersi e gustarsi il cibo. Non aveva idea di quale animale fosse stato sacrificato per farcire il panino, ma doveva provenire da una delle poche specie animali di grossa taglia ancora esistenti su quel pianeta. Il suo amico gli aveva detto che probabilmente usavano carne di corvo imperiale.

Ronin cercò a lungo di trovare un posto isolato, poiché la mappa mentale di Downside non era dettagliata come quella di Upside, e dover usare i suoi occhi e la sua memoria per tenere traccia dei movimenti — in modo da poter tornare al porto di connessione più tardi — gli provocava un forte disagio. Ora capiva perché i suoi amici dicevano di non essersi mai spinti oltre al centro della città.

Il processo per tentativi ed errori che lo portò a imboccare vicoli ciechi poco raccomandabili e strade a dir poco decadenti, che in nessun caso lo condussero a un parco o a una zona tranquilla dove poter mangiare in pace il suo panino, lo angosciò terribilmente e lo fece sudare nervosamente. *E se non riuscissi a trovare la strada di ritorno? E se mi perdessi? Perché non riesco a trovare tutti quei grandi parchi che dovrebbero esserci da queste parti???*

Dopo altri dieci minuti, arrivò a un grande incrocio tra quattro strade che procedevano in direzioni diverse e cominciò a farsi prendere dal panico. Fece una pausa, cinque respiri profondi e, non appena il battito rallentò, decise di tornare all'incrocio precedente. Per due lunghi minuti faticò a ricordarsi il percorso, ma alla fine ci riuscì e ritrovò la via.

Ritornare nell'unico posto che ricordava lo fece sentire al sicuro, così osservò più attentamente la disposizione di quella parte della città per cercare il parco che secondo la sua mappa mentale doveva trovarsi lì nei dintorni. Dopo aver trascorso un altro minuto a confrontare ciò che aveva davanti agli occhi con i luoghi che ricordava di aver già esplorato — il che era già un'impresa di per sé, poiché alla gente di Upside non serviva ricordare come arrivare da qualche parte: le loro mappe mentali e i veicoli autonomi li portavano ovunque — optò per la strada sulla destra e si incamminò, promettendosi di fare ritorno al porto di connessione in caso di ennesimo fallimento, e al diavolo il suo pasto!

Alla fine, però, trovò il parco che cercava e scovò rapidamente una panchina nel mezzo di una piccola radura. Si avvicinò, accelerando un po' il passo, bramoso di affondare i denti nel panino e di dimenticare quei trenta stressanti minuti spesi per arrivare fin lì.

Ronin si sedette sulla panchina logora e si guardò attorno per assicurarsi che nessuno fosse abbastanza vicino da vederlo scartare la pietanza. Quando rimosse lo strano involucro di fibre, iniziò a salivare copiosamente. Si sentiva nervoso e in ansia, temeva che chiunque avrebbe potuto associarlo subito ad Upside e capire cosa stesse combinando. Si rimproverò per questo, ma cosa poteva farci? Questo posto gli era estraneo tanto quanto Kepler o Encelado, dato che era sempre rimasto ad Upside anche quando era solito viaggiare di più.

Il panino che vide sfilando l'involucro era semplicemente meraviglioso, al punto che tutte le ghiandole nella sua bocca iniziarono a irrigare irrefrenabilmente la cavità orale. La gente del passato lo avrebbe definito "divino", ma usare termini antiquati come quello non era visto di buon occhio ad Upside. D'altronde, si potevano leggere solo in antichi digirecord, o in dei libri — se ci si lasciava andare all'improvviso desiderio di visitare la *biblioteca*, un edificio di Nova Roma in cui venivano conservati i documenti precedenti all'Era cibernetica.

L'odore lo avvolse completamente, chiuse gli occhi mentre lo inalava. Lasciò scorrere i brividi che gli attraversavano la schiena. Nulla di ciò che conosceva ad Upside era paragonabile; nulla di ciò che avesse mai assaggiato, annusato o guardato. Il cibo lassù era sintetico come i loro corpi, i loro discorsi, le loro relazioni e tutto il resto. Solo le parti organiche di un gruppo sempre più ristretto di upsider avevano ancora qualcosa in comune con la gente di Downside.

Dopo aver lanciato un'ultima occhiata circospetta, Ronin portò il panino alla bocca e gli diede un morso. Tutto il suo corpo esplose in un'ondata di sensazioni che non aveva mai provato prima, nemmeno con i digiamori. Alcuni dicevano che il realamore era meglio, la cosa migliore che un umano possa sperimentare. Tuttavia, come poteva scoprirlo? Anche se aveva ancora un corpo per lo più organico — inclusi la testa, il busto, l'addome e i suoi organi riproduttivi — la copulazione era malvista ad Upside, e lui non era uno che trasgrediva le norme. Forse, pensò, se a Downside avesse potuto incontrare una femmina tuttumana, avrebbe potuto scoprire la verità, dato che le persone quaggiù si univano come previsto in natura, vivendo l'esperienza reciproca del sesso. Pensò alla giovane donna che aveva addocchiato alla bottega del venditore di riso e sospirò, proprio mentre il gusto e l'odore del cibo che aveva in bocca richiamavano la sua attenzione come un'esplosione. Assaporò la veracarne provando un moto di orgoglio verso se stesso, per aver avuto il coraggio di scendere, di comprarla e di mangiarla.

Non appena Ronin finì di ingoiare il primo morso e di leccarsi le labbra, riavvicinò il panino alla bocca e fece per prendere un altro boccone, inalando euforico l'aroma del sandwich, quando la voce di un maschio alle sue spalle gli gelò il sangue.

"Ch'ai giù?"

Ronin scattò e riavvolse rapidamente il panino nell'involucro. Poi, alzò lo sguardo mostrando quella che sperava essere interpretabile come un'espressione del tipo "stai alla larga" e, inavvertitamente, inviò una risposta attraverso il proprio CC — chip cerebrale. Naturalmente, il maschio non la ricevette.

Maledizione! L'ho fatto davvero? Ronin sospirò, pensò a una risposta semplice e forzò nuovamente le parole attraverso la sua laringe: "Sto *quaggiù*... a godermi il sole. Per favore, vattene". Non che Ronin disprezzasse i downsider, semmai non li conosceva affatto e non riuscire a comunicare adeguatamente con loro lo metteva estremamente a disagio...

ma erano pur sempre loro quelli che avrebbero dovuto abbassare lo sguardo per rivolgersi a lui.

Nel frattempo, l'altro lo guardò dritto negli occhi e ripeté la domanda. Ronin si sforzò di rilassare la mandibola e replicò: "Per favore, vattene. Io... Vai e basta". *Maledizione! Non è quello che volevo dire. È così frustrante! Come fanno gli altri a comunicare quaggiù?*

Il maschio — che doveva essere molto povero, ammesso che i vestiti stracciati, il viso sporco e le mani fossero indizi validi — guardò Ronin come se avesse detto qualcosa di divertente. Ronin cercò ancora di cacciarlo via, ma il suo interlocutore doveva aver completamente frainteso, perché si sedette accanto a lui.

Disse: "Si capisc' che nn sei diggiù".

Quando Ronin sbatté le palpebre, il maschio si ripeté, ma cercò di parlare più chiaramente e lentamente questa volta: "Si capisce che non sei di Downside. Non t'ho chiesto che fai qui giù, ma che *mandi* giù".

Ronin rabbrividì quando si rese conto che la conversazione con quel vagabondo non sarebbe finita presto, e che sarebbe stato costretto a sforzarsi di capirlo e di parlargli. Si prese un altro momento per pensare a una risposta che potesse chiudere alla svelta la conversazione e disse: "Io... Giusto. Io non sono... vengo da Upside. Ma devo andare e devo finire questa cosa prima di tornare. Per favore, vai via".

Ronin si sorprese quando capì la prima parte della risposta dello sconosciuto, mentre la seconda parte proprio non l'afferrò. L'uomo disse: "Beh, s'hai intenzio' di fa' lo scemo, allora me n'andrò. Fors' prima m'puoi dar'n po' di quel ch'c'hai?"

Ronin lo fissò con lo sguardo assente, così il maschio sospirò e se ne andò, facendo dei gesti osceni, lamentandosi e imprecando. Ronin non poteva comprendere *quali* oscenità stesse pronunciando, ma ne capiva l'intenzione. Si sentì in colpa per quel clochard e, se non fosse stato così ansioso di tagliare corto, magari avrebbe potuto dargli anche qualche credito. Chissà, poi, se quel maschio aveva un CC.

Ronin aspettò un momento prima di riportare la sua attenzione sul panino. A quel punto, si era un po' raffreddato e l'odore non lo sopraffaceva più, sebbene avesse ancora un aspetto delizioso. *Dovrei imparare a usare la voce, se volessi tornare. Anzi,* voglio *tornare! Ma con chi posso esercitarmi? Penseranno tutti che sono strano e comunque nessuno dei miei amici è più bravo di me nel parlare... tranne Canyon, ma non gli importa di insegnarmelo. Forse dovrei mettere da parte dei soldi per farmi impiantare una laringe elettronica, così dire ciò che penso non sarà più complicato! Ma passeranno dei mesi prima che io abbia abbastanza soldi...*

Ronin sospirò, si guardò le mani, si guardò intorno per assicurarsi che il pover'uomo se ne fosse andato e che nessun altro gli si sarebbe avvicinato, così scartò di nuovo il panino e si affrettò a finirlo.

Capì che la veracarne non poteva essere inghiottita così in fretta, quando rischiò di soffocarsi con un morso. In quel momento, un suono dalle retrovie lo fece girare stizzito. Ciò che vide gli fece ingoiare inavvertitamente un boccone esagerato e si strozzò di nuovo, questa volta malamente. Per un attimo, pensò davvero di morire laggiù soffocato.

Era la giovane downsider di prima! Cosa ci faceva lì? Gli si avvicinò e lui si voltò imbarazzato, agitandosi con furia. Lei, irritandolo ulteriormente, si spostò in modo da rivolgersi a lui faccia a faccia. Ronin avrebbe sicuramente imprecato se avesse saputo farlo, ma quando vide apparire una bottiglia d'acqua davanti ai suoi occhi, la prese senza pensarci due volte. Dopo aver preso diversi piccoli sorsi d'acqua, il bolo raggiunse finalmente lo stomaco e lui sospirò sollevato. Ringraziò la giovane donna con un sorriso timido ma sinceramente grato. Disse: "Mi... Perchè... Intendo......"

La femmina disse: "L'ho già visto accadere ad altri upsider. Forse non siete più abituati a cibi troppo stopposi".

Ronin inarcò un sopracciglio, perplesso, e la ragazza continuò: "Comunque, ho detto a papà che probabilmente avresti avuto bisogno di acqua, e mi ha permesso di portarti una bottiglia".

"Tuo... papà?"

"Sì, mio padre".

Ronin annuì e, con la voce ancora un po' rotta, disse: "Non sei così... difficile da capire".

La ragazza sorrise e disse: "Ho trovato dei libri, poi ne ho trovati altri e ho studiato. In più, mio zio mi ha lasciato usare la sua videotavola per imparare ascoltando".

"Uno zio? Vuoi dire..."

"Il fratello di mio padre".

"Giusto".

La ragazza non disse nulla e attese invece che Ronin parlasse di nuovo. Invece, Ronin era preso a osservarla, rapito dalla sua strana bellezza e intimorito dalla sua semplicità. Dopo un po' disse: "Tu... non... sei diffidente".

La ragazza gli fece un sorriso gentile, disse: "No, so che la gente di Upside non è tutta scema".

"Scema?"

"Cattiva".

Ronin annuì.

Lei continuò: "Non sei abituato a parlare".

"No. È... è difficile per me. Ad Upside usiamo poco la nostra voce".

La ragazza sorrise di nuovo, scuotendo la testa, incredula. Poi lo guardò negli occhi e disse, timidamente:

“Vorrei poter visitare Upside un giorno. Ma probabilmente per me non sarebbe così facile; non credo che i downsider siano i benvenuti lassù”.

Ronin assunse per un istante un leggero cipiglio che sostituì rapidamente con un sorriso. Stava davvero apprezzando le parole pronunciate da quella ragazza: erano rassicuranti ed erano l’unica cosa che poteva ricevere da lei. Così diverse dai pensieri intrusivi che la gente si inviava ad Upside.

Guardando la ragazza con una grandissima curiosità, le chiese: “Come... mi hai trovato?”

La risposta divertita della ragazza sorprese Ronin: “Ho semplicemente chiesto se qualcuno ti avesse visto e, dato che sei piuttosto... appariscente, varie persone ti hanno notato. Mi hanno detto dov’eri andato e ti ho seguito”.

“Hai una mappa mentale?”

“Una... *mappa mentale*? No, a meno che tu non intenda la mia memoria”.

Ronin era davvero stupito che la gente laggiù riuscisse a orientarsi così bene. Sarebbe stato altrettanto facile ad Upside per loro?

Disse: “È stato... stressante. È stressante per me dover trovare la...”

Senza preavviso, una nuova sfida gli rimbombò in testa: *"Ronin Clareborn. Ha bisogno di aiuto?"*

Era il segnale di una guardia del Controllo. Ronin scattò in piedi e si voltò. Di riflesso, si girò anche la ragazza e quasi le venne un infarto quando i suoi occhi si posarono sull'agente.

Ronin fece un respiro profondo, si voltò verso il poliziotto e disse ad alta voce: "Sì, agente?"

La guardia, un umano asessuato, disse con una voce metallica leggermente irritante: "Signor Ronin Clareborn, gli upsider sono liberi di esplorare la zona, ma non possono fraternizzare con queste persone. Presumo che la femmina tuttumana sia qui per aiutarla".

Sembrava voler essere indulgente con Ronin e gli stava suggerendo una via d'uscita dal guaio in cui avrebbe potuto cacciarsi dando la risposta sbagliata. Tuttavia, parlando a voce alta, sembrava anche voler dare un avvertimento alla downsider.

Ronin elaborò i suoi pensieri frettolosamente e rimase sorpreso quando gli venne in mente una risposta che lo avrebbe tenuto fuori dai guai. Inviò: *"Mi dispiace, agente. Mi stavo soffocando con un pezzo dell'involucro, e la tuttumana, che era di passaggio, mi ha offerto una bottiglia d'acqua".*

La ragazza osservò la scena con ansia, chiedendosi cosa stesse dicendo al poliziotto quel ragazzo, il cui nome ora sapeva essere Ronin.

La guardia socchiuse le palpebre carnose che ricoprivano i suoi occhi sintetici e osservò con sospetto l'involucro che Ronin teneva in mano.

Ronin controllò il suo battito cardiaco, mantenendolo costante. Se l'avesse lasciato accelerare, l'agente avrebbe capito che stava nascondendo qualcosa. Ronin poteva anche non avere chissà quali abilità, ma sapeva controllare molto bene le sue reazioni — di solito.

La guardia sembrò convincersi che l'involucro non contenesse nulla di illecito e disse, guardando la femmina: "La bottiglia era già stata aperta?"

La ragazza rispose subito: "No! È una bottiglia nuova e pulita. Ho visto quest'uomo in difficoltà e gliel'ho portata, agente".

Forzando le parole fuori dalla sua gola inesperta, Ronin disse: "È la verità, agente. Lei era qui... solo per aiutare". Poi, rivolgendosi alla ragazza, disse: "Ora puoi andare. Io sto bene. Sto bene". Ronin sentì un immediato senso di colpa e vide una tale tristezza negli occhi della donna mentre faceva per andarsene, che non poté fare a meno di aggiungere "grazie", anche se quest'ultima esternazione fece aggrottare la fronte del poliziotto.

La ragazza gli rivolse un sorriso triste e se ne andò. Ronin si chiese se avrebbe guardato indietro, ma non lei non si voltò, pur esitando per un istante prima di imboccare il sentiero del parco e scomparire sotto gli alberi.

Anche il poliziotto se ne andò, dopo essersi assicurato che a Ronin fosse chiaro che non doveva socializzare con la gente del posto.

Ronin si mise una mano sulla fronte e fece un respiro profondo. Mentre inspirava, il pensiero di quella ragazza gli invase la mente. Lo lasciò scorrere liberamente per un po', pur sapendo che le sue fantasie erano ormai irrealizzabili. L'idea di rivedere quella ragazza, di passare più tempo con lei gli faceva sentire una strana... eccitazione che non aveva mai provato prima. La sua voce, il suo sorriso — la loro silenziosità. Erano tutte così le femmine tuttumane? Tuttavia, quell'ebbrezza si placò non appena gli tornò in mente che a malapena riusciva a mettere insieme due parole. Certo, Canyon avrebbe detto: "E allora? Non serve parlare per godersi il realamore". Eppure, *non era* affatto ciò che voleva in quel momento e, in ogni caso, continuava a trovare ripugnante il pensiero di condividere il proprio corpo con una femmina tuttumana, così come con una sintetica.

No, quello che desiderava era lei... la sua compagnia, la sua presenza. Eppure, ora che la guardia del Controllo sospettava di lui, sapeva di non potersi far rivedere insieme alla ragazza, perciò sospirò e imprecò a lungo nella sua mente, mentre provava mentalmente a tracciare vari scenari che gli avrebbero permesso di tornare e conoscere la ragazza. Alla fine, concluse frustrato che non c'era nulla da fare, *se non allontanarmi da questa* maledetta *Terra dalle maniere innaturali e dalle ingiunzioni illogiche contro la vera natura umana.* Pensandoci meglio, capì che non poteva neanche prendersela con i leader della Terra, dato che avevano tutto corpi per lo più sintetici.

La sua unica opzione era andarsene, ma come? Non aveva nemmeno una laringe elettronica. Il suo cuore iniziò a palpitare in preda al panico quando realizzò che l'unica via d'uscita rapida era arruolarsi nell'esercito dell'Imperatrice: se c'era qualcosa che odiava ancor più dei costumi retrogradi di Upside, questa era la violenza. Ma la speranza tornò a riaccendersi in lui mentre pensava: *Posso arruolarmi come Ufficiale di artiglieria! Ho l*a formazione *richiesta, dopotutto, e mi equipaggeranno con tutte le più moderne tecnologie di comunicazione.*

Infatti, aveva saputo da uno dei suoi amici, arruolatosi nell'esercito l'anno prima, che tutti gli ufficiali la cui funzione richiedeva l'interazione con gli abitanti delle colonie dell'Impero erano "equipaggiati" con laringi elettroniche. *Allora sì che sarei in grado di incontrare e conversare davvero con una ragazza tuttumana come quella ragazza dai capelli biondi che mi ha salvato... e il cui nome... vorrei proprio sapere.*

*D*annata tech! Pensavo che fosse il governo della Terra, o la società di Upside ad allontanarci dalla nostra natura. E invece no! È la tech, che si propaga come un virus".

Ronin stava inviando dei segnali a Dovard, il suo compagno di stanza. Era finalmente entrato nell'esercito dell'Imperatrice e gli era appena stato assegnato il suo terzo incarico: fornire supporto durante l'implementazione del nuovo sistema di gestione degli ordigni su Encelado. Tuttavia, ben presto capì che anche nelle colonie galattiche della Terra — dove gli abitanti erano ancora perlopiù tuttumani — la tendenza all'integrazione tech era ormai dilagante e tanto attraente per loro almeno quanto lo era stata per i terrestri di Upside mille anni prima. Questa consapevolezza fu una profonda delusione per lui, che aveva trascorso giorni e giorni a lamentarsi della situazione, chiedendosi perché e chiedendo a se stesso, ai suoi amici e ai suoi mentori, quale forza continuasse a spingere gli esseri umani così implacabilmente verso la propria estinzione. E nessuno era stato in grado di dargli una risposta accettabile. In realtà molti lo trovavano strano, per il fatto che si lamentava di ciò che aveva liberato l'umanità dalla natura.

Pensò: *Almeno ne ho ricavato qualcosa*. Infatti era proprio così: ciò che gli aveva permesso di conversare con quella terrestre come un normale essere umano era proprio la tech che l'esercito gli aveva innestato in gola. Ronin diede un calcio al bordo del letto ed emise un lamento mentre rimuginava su questa contraddizione.

Dovard, un caustico fatalista che giudicava l'evoluzione dell'umanità una necessità preordinata, rispose con una voce metallica: "È da sempre che gli umani si lamentano della tech, Ronin. Eppure, non hanno smesso di svilupparla, eccetto durante le grandi depressioni. Nessuno deciderà mai di sopprimere la tech, né tantomeno di ridurne le funzionalità e gli usi. La nostra intelligenza dà sempre vita a nuove sfide e insidie che possono essere superate solo attraverso nuovi ingegni che essa stessa deve elaborare, generando un circolo vizioso da cui non si può uscire. La tech è così".

Ronin sospirò infastidito, poi disse, a voce alta e con un timbro metallico: "Sì, me l'hai già detto, Dov".

Dopo tre mesi di intenso allenamento trascorsi a elaborare pensieri ed enunciarli, da semplici a sempre più complessi, Ronin aveva finalmente imparato a esprimersi decentemente a voce, anche se l'uso assiduo della messaggistica mente-a-mente nelle comunicazioni ufficiali, oltre che personali, ostacolava di continuo lo sviluppo di questa sua nuova abilità.

"Sto pensando di unirmi alla missione del Proconsole Gengis su Kepler. Ne hai sentito parlare?"

"No".

Sempre grazie alla sua laringe elettronica, ma con un tono pacato, Ronin confabulò: "Karo e Yary mi hanno detto che il Generale in realtà vuole andare su K'Tara".

"K'Tara?"

Ronin non replicò immediatamente. Avvertì un fastidioso dolore alla schiena mentre si riposizionava nella cuccetta e trasmise a Dovard una lamentela su quanto fosse scomoda. In effetti, i membri dell'esercito con corpi che necessitavano di riposarsi *orizzontalmente* erano costretti a usare delle pessime brande per dormire e, se si fossero azzardati a lamentarsene con il quartiermastro, sarebbero stati sbeffeggiati in quanto *menodì*, cioè *meno di un umano completamente meccanizzato*. Ronin si chiedeva spesso se i *full-mec* fossero effettivamente degli umani, ma ancora ridevano, piangevano e si arrabbiavano, quindi forse lo erano, dopotutto.

Tra un gemito e un'imprecazione rivolta al suo giaciglio, disse: "È uno dei pianeti esterni, uno dei primi a essere stato inseminato, però non è ancora abitato da terrestri".

Dovard si rigirò nel letto e guardò Ronin con degli occhi socchiusi e dubbiosi.

Ronin passò alla comunicazione mente-a-mente e trasmise: *"Sembra che il generale e i suoi seguaci vogliano andarci perché sono stanchi dei loro corpi meccanici e che vogliano... beh... finire i loro anni da tuttumani"*.

Dovard esclamò incredulo: "Cosa?!"

"So che sembra folle, Dov, ma ci sono *tanti* full-mec che non desiderano altro che trapiantare il loro cervello in un corpo organico".

"Non è questo il punto, Ronin. In che modo potrebbero *ottenere* corpi organici andando su... K'Tara?"

"Karo e Yary dicono che la cultura degli k'tarani permetterà al Generale di ottenere i corpi dei tuttumani deceduti di recente. Porterà con sé dei med-bot, programmati per eseguire l'operazione di trasferimento cerebrale. I chirurghi facevano questo tipo di operazione già da prima del divieto di clonazione, e i med-bot, a quanto pare, sanno replicarla perfettamente".

Questa volta, Dovard passò alla comunicazione mente-a-mente: *"Mi sembra comunque fuori di testa, Ronin. Sembra folle e controverso. E parrebbe anche una missione non autorizzata. Sei sicuro di aver sentito bene?"*

"Se ne sono sicuro? Certo che sì! Karo e Yary me l'hanno detto in diginnessione circa un mese fa e da allora, ogni volta in cui ci siamo collegati, mi hanno raccontato sempre più dettagli, ma non hanno detto nulla sul fatto che la missione non sia autorizzata... Forse l'Imperatrice lascia fare al Generale, perché sa che lui non è soddisfatto del nostro stile di vita, come non lo è tanta altra gente. Questo potrebbe essere il suo modo di sbarazzarsi di un problema prima che minacci l'ordine da lei instaurato con tanta fatica".

Dovard fece una smorfia e disse: "E tu vuoi unirti a loro per andare a vivere tra i tuttumani e tornare all'età della pietra?"

Ronin si crucciò per le parole offensive dell'amico, ma comunque annuì seriamente col capo e rispose: "Penso che dovresti unirti anche tu".

Il viso di Dovard si deformò assumendo un'espressione sgraziata che contrastava con il suo corpo perfetto.

"Perché dovrei? E unirmi a cosa poi? A una missione segreta su un pianeta sconosciuto, solo per permettere al Generale e ai suoi uomini di rimpiazzare i loro corpi meccanici?"

Ronin fece oscillare la testa da sinistra a destra.

Dovard saltò giù dalla cuccetta con l'agilità di un gatto e si mise a sedere su una sedia — l'ennesimo mobile scomodo nelle stanze dei menodì che ogni volta faceva contrarre i muscoli della schiena di Ronin. A Dovard, invece, quella sedia metallica non dava affatto noia.

L'amico allungò le gambe, incrociò le braccia e disse: "Ancora non capisco perché ci vuoi andare. E io che pensavo volessi provare a portare quella tuttumana ad Upside, sul Disco... per farne la tua compagna. Anche se non so *come* potresti fare e fatico a capire cosa ci trovi di così attraente nel realamore".

Ronin sbatté le palpebre ripetutamente e sbuffò con un'aria disgustata, quando realizzò quello che stava dicendo il suo amico.

"Di che stai parlando? Lei non è un oggetto sintetico che può essere posseduto; e non so ancora come sia il realamore, comunque. In ogni caso, come fai *tu* a sapere che cos'è?"

"Fidati, *lo so*. Ma non hai risposto alla mia domanda".

Ronin osservò incuriosito il suo compagno di stanza. A giudicare dalla sua espressione, non sapeva se pensare che Dovard avesse davvero sperimentato il realamore o se stesse solo facendo un commento cinico e, con lo sguardo insistente dell'amico puntato addosso, sospirò e disse: "Ho qualcosa in ballo con Julia, ci colleghiamo quasi ogni giorno per un paio d'ore, durante il tuo turno lungo, per parlare attraverso un vecchio sistema di videochat". Dovard inarcò un sopracciglio, sorpreso.

"E *voglio* portare Julia lontano dalla Terra, ma dove? Da quello che ho visto, i pianeti colonizzati sono messi male tanto quanto la Terra, e l'integrazione tech è sempre più pervasiva".

Questa volta, fu Dovard a far oscillare la testa. Era d'accordo con Ronin in merito a quale fosse la tendenza generale e conosceva un solo pianeta che proibiva la tech esplicitamente e completamente. In ogni caso, la gente del posto non gradivano la presenza di stranieri, a meno che non si trattasse di fedeli dispersi — e il suo amico di certo non lo era.

Ronin continuò: "Quando Karo e Yari mi hanno parlato di K'Tara mi sono esaltato e ho setacciato gli archivi in cerca di qualsiasi informazione disponibile. Come puoi immaginare, non c'era molto, almeno non dove ho cercato, ma i pochi documenti antichi che ho trovato descrivono il pianeta come una fiorente biosfera con forme di vita senzienti, presenti già prima dell'arrivo del modulo seme nel 2181. C'è ancora meno documentazione sulle condizioni del pianeta a partire da allora, ma ho trovato un report in cui si sostiene che i semi inviati avrebbero dato origine a una prospera civiltà umana. Dice anche che nessun terrestre moderno si è ancora stabilito lì; è un luogo troppo remoto. Quindi, se c'è un posto dove posso portare Julia, forse è proprio quello".

Dovard ridacchiò e disse: "Sapendo quanto sei anti-tech, capisco il fascino che può avere un pianeta come K'Tara". Poi, con il suo solito tono contraddittorio, aggiunse: "Però non ho ancora capito perché vorresti portare quella ragazza con te; i compagni digitali danno molti meno problemi. Pensavo ne avessi uno anche tu. Non ti dà l'amore e la compagnia di cui hai bisogno?"

Ronin sospirò, seccato dall'insistenza dell'amico nel mettere in discussione le sue motivazioni. Disse: "Non ho mai usato il mio digi-mate in quel modo. Chiedo aiuto a Bali solo affinché si occupi di alcune cose al mio posto e per potermi concentrare sui miei studi".

Dovard alzò le sopracciglia e disse: "Sei strano, Ronin. Questo è certo". Poi continuò a infastidirlo con i suoi pensieri e le sue teorie sulle relazioni umane, punteggiate di riferimenti storici che mostravano quanto gli esseri umani fossero infelici quando si riproducevano con l'accoppiamento e cercavano di soddisfare i propri bisogni emotivi attraverso altri esseri umani. In più, aggiunse che nemmeno l'accettazione di generi e rapporti sessuali non standard aveva accresciuto la loro felicità. Il digiamore, invece, era stato senz'altro la cosa migliore che fosse capitata agli umani sin dall'alba dei tempi.

Infine, Ronin borbottò: "Come vuoi, Dov, ma non è così che mi sento quando sto con Julia".

Dovard scrollò le spalle e Ronin chiese: "Allora, vuoi unirti all'unità del Proconsole insieme a me? Anche se non ti interessa il modo in cui ci amiamo, o quanto ci siamo disumanizzati, sono sicuro che non troverai altre civiltà più interessanti da studiare come quella di K'Tara in nessun'altra parte della galassia".

Dovard, in effetti, si era unito da sei mesi alla sezione di approvvigionamento dei sistemi di artiglieria dell'esercito imperiale per esplorare la galassia, proprio come Ronin. Eppure, quel desiderio per Dovard era motivato dalla volontà di conoscere gli usi e i costumi mutevoli dell'umanità, nell'epoca in cui la specie si diffondeva in tutta la galassia. D'altro canto, Ronin, aveva una motivazione più reazionaria: allontanarsi dalle maniere di Upside, che giudicava innaturali, e trovare un pianeta migliore su cui vivere.

"Su questo hai ragione, Ronin".

Sentendosi fiducioso per la prima volta dall'inizio di quella conversazione, Ronin emise una domanda tramite la laringe sintetica che suonò proprio come uno squittio: "Allora, ci penserai?!"

"Lo farò... solo nel caso in cui si tratti di una missione autorizzata".

Ronin s'illuminò e disse a Dovard che glielo avrebbe fatto sapere, dopodiché si sdraiò sulla branda e sorrise euforico, compiaciuto.

Viceversa, Dovard si alzò e si spogliò per poi indossare l'uniforme e prepararsi al suo turno, mentre raccontava a Ronin — come era solito fare mentre si cambiava — una delle storie accattivanti che aveva iniziato a leggere sull'imperatore romano Marco Aurelio, che raccomandò vivamente anche al suo compagno.

Ronin ascoltava con un solo orecchio e, di tanto in tanto, osservava furtivamente l'amico. La parte superiore del corpo di Dovard, che non era potenziata, era quella di una persona atletica, magra e muscolosa. Infatti, anche se era un intellettuale, cosa un po' insolita per un membro dell'esercito, gli piaceva molto fare arrampicata su pareti di ogni tipo nei vari pianeti dove venivano assegnati in missione o che visitavano durante i congedi. Il suo petto, così come il suo viso, era glabro, come lo erano i corpi della maggior parte degli esseri umani a partire dall'Era Cibernetica. Al contrario, la metà inferiore era completamente meccanica, ma appariva omogenea rispetto a quella superiore grazie al rivestimento in carne sintetica abbinato. Lui era, infatti, un mezzo-mec vero e proprio. Ronin, invece, era minimamente meccanizzato.

Vedere il suo amico 'nudo' non infastidiva Ronin, se non per il fatto che Dovard non aveva nemmeno i genitali, tranne l'organo sintetico necessario per l'espulsione dell'urina — la maggior parte degli umani potenziati preferivano non essere oppressi da organi sessuali, principalmente per il fatto che la riproduzione era strettamente artificiale fin dall'inizio dell'Era cibernetica e l'amore avveniva essenzialmente nel Virtuale, sia tra due umani, sia tra un'umano e un sintetico collegati attraverso la Connessione — e ciò rendeva Ronin ancor più sgradevolmente autocosciente: non poteva fare a meno di mettersi sempre in discussione, per poi rimproverarsi e dirsi che era il resto dell'umanità ad essere strana.

Una volta che Dovard se ne era andato, Ronin continuò a fantasticare sulla missione del Proconsole Gengis a K'Tara, anche se era possibile, come diceva Dovard, che non fosse autorizzata. Sperò ardentemente che lo fosse, in modo che il suo amico dai princìpi fin troppo saldi si unisse a lui. Quelle riflessioni furono improvvisamente sostituite dal pensiero di Julia, la ragazza tuttumana che aveva incontrato a Downside dieci mesi prima, e che era andato a trovare varie volte dopo quel primo incontro, nonostante fosse stato ammonito da un agente di non avere più contatti con la ragazza. Tuttavia, Ronin non era riuscito a resistere al bisogno di conoscere quella ragazza tuttumana, e il suo amico Canyon gli aveva fornito un documento falso per farlo tornare a Downside senza farsi beccare, purché non si imbattesse nella stessa guardia del Controllo che lo aveva sorpreso con lei in quel suo primo viaggio. Così, Ronin tornò, e presto iniziò a sviluppare sentimenti intensi, sorprendenti ed estremamente piacevoli nei confronti di Julia. Divenne incapace di resistere al desiderio di conversare con lei e alle emozioni che provava quando passavano del tempo insieme.

In quel momento, gli tornò in mente uno dei suoi incontri con la ragazza dai capelli biondi. Il ricordo era lì nella sua mente, pienamente vivido, denso di impressioni visive, uditive, olfattive e tattili.

Stava ripensando al suo quarto viaggio a Downside, quello in cui si erano toccati per la prima volta. Ronin arrivò al solito luogo d'incontro nell'antica città di Boulder, alle 15 esatte di quel giorno: l'ora del loro appuntamento. Per la verità, non sentiva più il bisogno o l'impulso di esplorare Downside da solo e preferiva visitare luoghi che non aveva ancora visto con Julia al suo fianco. A quel punto, il padre — Ronin non capiva perché solo il padre si preoccupasse di quello che lei faceva con lui e la madre no, dato che le madri investivano nella loro progenie molto di più di quanto non facessero i loro mariti — aveva saputo e accettato che si stavano frequentando e aveva permesso a sua figlia di passare più tempo con lui, ma non dopo le 22; un'altra cosa che ancora non capiva, sebbene Julia avesse cercato di spiegarglielo.

Quel giorno, non appena la vide avvicinarsi, il suo respiro si bloccò e il suo corpo reagì con gonfiori e vampate.

Julia indossava un indumento largo e aperto sul fondo, chiamato *gonna*, e quella gonna mostrava le gambe in un modo mai visto ad Upside, facendogli battere il cuore, mentre il suo torso era coperto da una maglietta senza maniche che lasciava nude le sue braccia aggraziate, lisce e abbronzate. Julia notò la sua reazione e abbassò lo sguardo mentre un sorriso timido appariva sulle sue belle labbra. Una volta che entrambi si ripresero da quel momento inatteso, Julia portò Ronin nei giardini botanici locali, dove trascorsero il resto del pomeriggio a camminare, fermarsi, annusare e sorridere.

Per quel che conta, rispetto al resto di Boulder, o al resto della superficie del pianeta, i giardini erano incredibilmente rigogliosi e vivi; così il Governo Centrale offriva ai downsider una qualche forma di bellezza che li distraesse dalla loro miseria quotidiana e mostrava la sua facciata magnanima dando loro libero accesso ai giardini. Quando Ronin sospirò davanti a una pianta dai fiori vivaci e incredibilmente profumati, conosciuta come lillà, Julia sorrise e... e gli toccò la mano.

Ronin si era messo a fissare i fiori, non sapendo cosa fare, ma non oppose resistenza quando la mano di Julia scivolò nella sua e le loro dita s'intrecciarono. Una nuova emozione travolse i suoi sensi, ma non si voltò verso di lei, poiché temeva che se l'avesse fatto e lei gli avesse sorriso, lui non avrebbe saputo reagire. Quindi, si limitò a stringerle la mano più forte e, quando anche quell'attimo passò, ripresero a passeggiare per i giardini.

Nel corso dei loro incontri, la padronanza della lingua parlata di Ronin era cresciuta costantemente e le loro conversazioni erano diventate leggermente più fluide. Era immensamente grato a Julia, che sembrava divertirsi un mondo a mostrargli la pronuncia delle parole che riusciva a intuire mentre lui ancora le stava pensando, sorprendendolo ogni volta.

Alla fine della loro passeggiata ai giardini, Ronin si era sentito piuttosto compiaciuto, addirittura orgoglioso, quando, ammirando le piante vicino all'uscita — disse con una frase lunga e quasi perfetta: "Questa dev'essere la pianta più bella di tutte, e… devono… farlo di proposito, per lasciare un ricordo straordinario dei giardini nella nostra mente prima di tornare alle nostre case o..." Gli si annodò la lingua quando cercò di dire: "in qualsiasi altro posto". Julia lo guardò con uno di quei sorrisi che gli scaldava il cuore e lo fece arrossire.

Dopo aver lasciato il parco, Julia l'aveva condotto al negozio di famiglia per prendere una cosa che aveva fatto preparare apposta per lui, visto che non gli aveva portato nulla da mangiare quel giorno, a differenza dei loro due incontri precedenti. Infatti, in occasione del secondo incontro, Julia aveva portato un altro panino di *veracarne* e era completamente diverso da quello che lui aveva comprato la prima volta. Quest'ultimo era stato ancora meglio; gli aveva fatto sentire un'esplosione di sapori che aveva stimolato diverse parti della sua bocca mentre mordeva, masticava e, infine, deglutiva. Julia lo aveva chiamato un sandwich *carnita*. Al terzo incontro, gli aveva portato un nuovo tipo di cibo, una zuppa chiamata *chili*, ma a Ronin non era piaciuta molto da quel che si ricordava, forse a causa dei legumi — i fagioli — che avevano una strana consistenza.

In quel momento, Ronin l'attendeva davanti al negozio, arrossendo imbarazzato dalle occhiate del padre di Julia, dai sorrisi della madre e dalle risatine delle sorelle. Provò a dire qualcosa, con la speranza di deviare la loro attenzione. Così, iniziò a raccontare della bellezza dei giardini, ma le sue parole uscirono un po' maldestre e il padre socchiuse le palpebre, come a chiedersi se il compagno di sua figlia fosse un totale idiota, mentre i sorrisi e le risate della madre e delle sorelle si moltiplicarono.

Ronin si sentì sollevato quando Julia finalmente tornò fuori, con in mano un contenitore termico. Comunque, non si rilassò del tutto finché non se ne andarono di lì, facendo ritorno a quello che era diventato il loro punto di ritrovo, una piazza affollata piena di ristoranti e bar, e finchè non raggiunsero un posto che lei chiamava *cinema*, dove proiettavano film su uno schermo gigante. Avevano scelto quel posto per via della folla che li avrebbe resi meno visibili a qualsiasi guardia del Controllo, ma anche perché era nella zona nord della città, quindi quella opposta al lato pattugliato dall'agente che lo aveva richiamato durante il suo primo viaggio.

Non appena si sedette sulla loro solita panchina, che sembrava essere sempre libera per loro, Julia rise con un'eccitazione infantile, mentre tirava fuori i cucchiai, apriva il contenitore e infine invitava Ronin a provare la zuppa.

La fragranza della brodaglia fece chiudere gli occhi a Ronin, mentre inalava il vapore caldo. Quando finalmente ne prese un cucchiaio, sotto lo sguardo trepidante di Julia, le sue papille gustative impazzirono! *Pozol* — questo era il nome della zuppa — era tanto divina quanto la veracarne. Quella pietanza conteneva sapori totalmente nuovi per lui, nonostante l'immenso database galattico di cibi sintetici serviti ad Upside.

Quando finirono la zuppa, Ronin ringraziò la sua buona sorte, poi ringraziò Julia con il sorriso più sincero, seguito da un improvviso senso di colpa. Julia chiese il perché di quell'espressione crucciata e, dopo un breve momento di difficoltà nel mettere insieme le parole, lui le disse che si sentiva in colpa per non aver mai avuto nulla da condividere con lei. Julia cercò di convincerlo che non era un problema, ma Ronin non ne fu convinto e perciò decise di correre un rischio. Disse: "Tu... mi hai detto che... avresti voluto vedere il film... il film che c'è stasera. Voglio portarti a vederlo".

Julia fu estasiata, poi incerta. Non voleva che finisse nei guai per lei. Ma Ronin insistette; era giusto che ricambiasse, dal momento che non poteva portarla ad Upside, né portare nulla per lei quando veniva a trovarla. In ogni caso, era curioso di scoprire quella tecnologia antica che usavano per mostrare film a un grande gruppo di persone nella stessa stanza. Così, ci andarono.

Ronin sentiva Julia agitarsi ansiosamente accanto a lui. Quando arrivarono alla biglietteria lui toccò con il dito lo scanner per pagare e poi l'assistente chiese a Julia di registrare la *sua* presenza. Ronin sperò — anzi, pregò tra sé e sé l'Imperatrice — che le guardie del Controllo non venissero allertate dall'associazione dei loro due chip. Sospirò sollevato, quando non vide accadere nulla. Sembrava essere tutto a posto.

L'esperienza del filmato su schermo era senz'altro insolita per Ronin. Quando guardava un film ad Upside, era sempre *dentro* l'azione, mentre qui era *al di fuori* di essa e sperimentava un qualcosa di esterno a sé, come se spiasse le azioni di altre persone o osservasse l'andirivieni delle astronavi o dei camminatori spaziali che riparano da una piattaforma di osservazione ad Upside.

Il soggetto del film trattava temi mai trattati lassù: un maschio e una femmina colti alla sprovvista nel bel mezzo di una tempesta disastrosa, in seguito al guasto del sistema di monitoraggio e controllo del meteo. I due si salvavano a vicenda e infine... si innamoravano. Ronin rimase profondamente affascinato dall'evoluzione del rapporto tra i due protagonisti e si chiese se stesse accadendo lo stesso fra lui e Julia.

Nel bel mezzo del film, mentre i protagonisti iniziarono ad affezionarsi emotivamente l'uno all'altra, Julia gli prese la mano e ogni tanto la stringeva in reazione a qualche scena spaventosa, arrivando poi ad aggrapparsi a tutto il braccio.

Sebbene il contatto fisico in pubblico — anche in quella stanza soffusa — lo mettesse alquanto a disagio, non riuscì a prevenire le reazioni del suo corpo che, da semplici ma profonde inalazioni, si trasformarono in un'improvvisa tachicardia e, infine, brividi.

E non era nulla in confronto a quello che provò quando, alla fine del film, il maschio e la femmina si abbracciarono e... si amarono l'un l'altra. A quel punto, la scena indusse Julia a sollevare la testa dal petto di Ronin, alzare lo sguardo e baciarlo. Fu inebriante: il contatto delle labbra umane contro le sue. Tutto il suo corpo cominciò a ribollire e ogni carezza, ogni stretta delle mani di Julia sul collo, sul viso o sulle gambe, lo sollecitava come niente avesse mai provato prima. Provò anche qualcos'altro, qualcosa di più cerebrale: un senso di appartenenza, di... di voler appartenere... e di voler...

Proprio in quel momento, come se avessero aspettato la fine del film per entrare, le guardie del Controllo si fiondarono in sala e posarono le loro mani fredde e inflessibili sulle spalle di Ronin e Julia.

Ronin si scrollò di dosso questo ricordo che ancora lo faceva imbestialire. In primo luogo, perché le guardie del Controllo avevano trattato Julia come una criminale, e poi perché prima che la portassero via, non gli era stato nemmeno concesso di dirle addio. Però era contento di una cosa: lo stesso agente che lo aveva sorpreso con Julia, quando lei era andata a salvarlo nel parco, aveva parlato a suo favore quando il direttore generale del Controllo aveva pensato di revocargli il passaporto, asserendo che si trattasse soltanto di un ragazzo mal consigliato. Il capo gli aveva quindi lasciato tenere i documenti, con l'accordo che, se lo avessero ritrovato in compagnia della ragazza, il suo passaporto sarebbe stato immediatamente revocato e lei sarebbe stata arrestata.

Poter tenere il passaporto era stato un grande sollievo per lui. Se glielo avessero tolto, tutti i suoi sogni sarebbero stati infranti e sarebbe stato costretto a trascorrere il resto della sua vita ad Upside, un posto che disprezzava. Eppure, c'era un'altra conseguenza a quel suo "reato", che le suppliche non erano riuscite a prevenire: era stato costretto a sottoporsi a un esame fisico estremamente umiliante prima di poter tornare ad Upside, per accertare che non avesse alcuna infezione pericolosa. Il fatto che fosse stato eseguito da un med-bot non lo aveva certo reso meno imbarazzante.

Una volta tornato ad Upside, Ronin aveva passato diversi giorni a lamentarsi della situazione e chiedersi di Julia. Era così improduttivo che spinse il suo datore di lavoro— Upside Logistics — al richiamo: se non si fosse rimesso subito in carreggiata, ci sarebbero state delle conseguenze. Ma Canyon lo aveva aiutato di nuovo e aveva trovato un modo di connettersi attraverso un sistema di comunicazione non monitorato per lui e Julia.

Ronin ora si ricordò del volto impaurito di Julia durante il loro primo collegamento, quando lei gli aveva raccontato dell'ammenda che le autorità avevano inflitto al padre a causa della loro trasgressione e della successiva rabbia e delusione che lui aveva esternato. Tutto ciò non fece altro che peggiorare il mal'essere di Ronin, che fu però in grado di placare il padre di Julia grazie al buon Canyon, che accettò di fargli l'ennesimo favore trovando il modo per restituire i crediti all'uomo.

Da quel giorno, Ronin e Julia rimasero in contatto, connettendosi occasionalmente quando gli impegni lo permettevano. Ronin cominciava sempre dicendo a Julia quanto gli mancasse, e lei replicava dicendogli quanto fosse scemo. Dopodiché, passavano un po' di tempo a chiacchierare delle loro più recenti emozioni o insoddisfazioni, terminando il collegamento con la promessa che Ronin avrebbe trovato un modo per portarla da lui e che Julia l'avrebbe amato in eterno. Amore eterno. Lui non sapeva nemmeno cosa fosse l'amore in sé. Era forse amore ciò che stava provando?

Un avviso di comunicazione risuonò nella mente di Ronin proprio in quel momento; una notifica visiva da parte dell'ufficio del personale. Con un respiro affannoso e il cuore palpitante, Ronin trasmise il segnale sullo schermo e... scattando in piedi, sollevò il pugno e si lasciò andare a un'esultanza liberatoria.

RONIN – Parte 3
Novella dei conquistatori di K'Tara

Quella mattina, Ronin si stava dirigendo verso la sezione extraterrena del primo livello del Disco con Julia al suo fianco, cercando di contenere la sua straordinaria euforia. *Julia.* Ancora non riusciva a credere di aver trovato il modo di portarla con sé in missione su K'Tara per conto del Generale. Chiunque gli aveva detto che di rado il Governo permetteva a un downsider di salire ad Upside, men che meno di trasferirlo o arruolarlo nell'esercito... ma lui c'era riuscito!

Aveva suggerito l'idea a Julia circa nove mesi dopo l'inizio della loro strana relazione, una relazione di cui non poteva fare a meno e che sembrava che nessuno dei suoi amici avesse ancora compreso, tranne forse Canyon. Alcuni erano addirittura disgustati al pensiero che due individui intrattenessero una relazione intima. Ma a Ronin non interessava. Non era riuscito a nascondere le sue ripetute visite a Downside, né, alla lunga, il motivo per cui ci si recava, seppur non avesse parlato con nessuno dei sentimenti sempre più forti che provava per Julia, né dei loro progetti; solo Canyon e Dovard ne erano a conoscenza.

Quando Ronin parlò per la prima volta a Julia del suo piano di unirsi alla missione che il generale Gengis stava pianificando per l'anno successivo e di portarla con sé, lei sobbalzò e indietreggiò con la testa, stranita e perplessa. Cosa intendeva? Perché avrebbe dovuto unirsi a una missione militare e come poteva fare richiesta lei da comune cittadina e, per giunta, downsider? Che tipo di missione era? Come si sarebbe inserita nel caso in cui fosse riuscita ad arruolarsi? E a che scopo? E se per caso li avessero ammazzati? E se...

Ronin le spiegò sottovoce che il rischio era basso e quale fosse il vero obiettivo del Generale. Le disse che quella era l'unica via, se volevano vivere insieme.

Dopo qualche settimana passata a fare ricerche — ad esempio sulla vita in altri pianeti, sui ruoli militari per i civili, sui rischi della guerra moderna — e a leggere tutto ciò che riusciva a trovare riguardo al Proconsole, Julia era giunta alla conclusione che probabilmente Ronin aveva ragione. In ogni caso, gli chiese perché non potessero semplicemente trasferirsi in una delle colonie più vicine, come quella su Encelado. Quando lui le rispose che non voleva vivere in una colonia dove sarebbero stati costretti a modificare i loro corpi con la Tech, la ragazza approvò il piano, pur provando ancora una certa riluttanza. Ma lo amava, e sapeva che lui l'amava più di chiunque altro con cui fosse mai uscita, anche se era un upsider. Perciò, decise di fidarsi. Restavano solo due cose da fare: per prima cosa, convincere la famiglia di Julia e poi, sperare che Ronin riuscisse effettivamente a farle avere accesso alla missione.

La famiglia si era divisa al riguardo. La madre, che si era sempre fidata di Ronin più del padre, aveva reagito con un sorriso di felicità dopo aver versato delle lacrime, più per la consapevolezza che non avrebbe rivisto la figlia, che per un qualsiasi timore relativo alla sua sicurezza. Sapeva che Ronin si era sempre esposto a dei grandi rischi per vederla, e che si sarebbe preso cura di lei, indipendentemente dagli ostacoli che avrebbero dovuto affrontare. Se seguirlo in quest'avventura poteva essere la strada giusta verso un futuro migliore per sua figlia, Mercedes non si sarebbe opposta.

Al contrario, il padre si era rifiutato di parlare della decisione di Julia per svariati giorni, alle prese con la sua convinzione — e paura — che la figlia si sarebbe disconnessa dalla vita reale come gli upsider; che magari sarebbe diventata un *robot*. Ciononostante, dopo aver fatto del suo meglio per autoconvincersi che la figlia sarebbe finita nei peggiori guai, capì di non poter continuare così senza sentirsi ridicolo. Quindi, nel giorno della sua partenza, la raggiunse mentre stava raccogliendo frettolosamente i documenti prima di andare con Ronin all'ufficio per l'emigrazione locale dove avrebbe ricevuto l'autorizzazione a lasciare Downside.

Lì, nel salotto di casa — con addosso gli sguardi ansiosi di tutti i presenti — Ronin aveva sentito l'uomo parlare a sua figlia come mai aveva sentito fare ad Upside. E, quando il padre di Julia finì di dire quello che voleva dirle, quando lei lo abbracciò come era solita fare, promettendogli che sarebbe rimasta sua figlia — la stessa di sempre — l'uomo corpulento aveva mostrato la sua accettazione lasciandosi colare le lacrime sul viso.

Mentre attraversavano una grande piazza circondata da ristoranti e negozi, Ronin si sentì strattonato. Guardò Julia e il suo sorriso scomparve quando capì che era spaventata e confusa. Sembrava che, per quanto fosse entusiasta di lasciare Downside quella mattina, il fatto che tutto le fosse così poco familiare iniziasse a spaventarla. Voleva prenderle la mano, stringerla, dirle che sarebbe andato tutto bene, ma ora non poteva; agli occhi di tutti, lei doveva essere qualcuno che lui aveva incontrato per caso durante uno dei suoi viaggi a Downside e che aveva identificato come una risorsa di cui il Generale poteva servirsi nella sua missione per via delle sue abilità nel linguaggio naturale. Così, mentre si dirigevano verso la loro destinazione, di tanto in tanto le lanciava delle occhiatine e cercava di incoraggiarla con dei teneri sorrisi.

Per Julia, quel posto — *Upside* — era come il frutto dell'immaginazione di qualcun altro. La spaventava la sua gente — anche se erano solo persone — e la sua aura inquietante, sospesa com'era nell'atmosfera superiore. Vedere gli upsider laggiù sulla superficie, invece, non la stressava affatto, perché lì si sentiva a casa ed erano *loro* gli stranieri.

Qui, era un pesce fuor d'acqua. Nessuno parlava e non ci si guardava in faccia, ma lei era consapevole che quelle persone stavano comunicando. Come quando lei e Ronin erano stati all'ufficio per l'immigrazione e lui si era fermato davanti alla scrivania dell'ufficiale per consegnare i documenti di Julia, rispondere alle domande al posto suo, farsi dare un tablet e passarlo a lei affinché firmasse alcuni moduli elettronici. Ronin e l'ufficiale non si erano scambiati una parola e l'unico momento in cui l'uomo aveva parlato era quando le chiese, con una voce dura e metallica, se avesse firmato tutte le dichiarazioni presenti sul tablet.

Gli unici altri rumori che aveva sentito da quando era arrivata ad Upside erano quelli delle porte che si aprivano e si chiudevano per far entrare o uscire i veicoli e le persone dagli edifici; i rombi dei veicoli che rallentavano per accostare da qualche parte, il ticchettio dei passi, l'attrito dei tappeti scorrevoli che portavano le persone di qua e di là e i clic continui di tutti quegli aggeggi che indossava la gente.

Malgrado fosse tutto molto strano, c'erano comunque delle cose che la affascinavano e le piacevano, ad esempio il "negozio di abbigliamento". Lì c'era un macchinario — ce ne erano diversi dello stesso tipo in tutta la stanza che altrimenti sarebbe stata vuota — che la scannerizzò in ogni dove e, dieci minuti dopo, sputò fuori una perfetta riproduzione del vestito da civile che aveva scelto dalla lunga lista consultabile a schermo. Tuttavia, la stessa esperienza riuscì anche a farle provare frustrazione e vergogna. Infatti, quando Julia posò il dito sullo schermo per pagare la merce, il computer rifiutò il pagamento e Ronin fu costretto a chiamare uno dei pochi dipendenti, cercando di non attirare troppo l'attenzione. L'individuo che sopraggiunse — una persona senza genere come la maggior parte degli upsider — non le rivolse nemmeno una parola, ma sembrò scambiarsi dei pensieri con Ronin, poi le prese bruscamente il dito, lo scannerizzò una seconda volta e, un momento dopo, se ne andò così com'era venutə, senza mai parlare. In ogni caso, il mugugno accompagnato da un movimento della testa di Ronin le fece intuire che lə commessə gli aveva inviato un ultimo pensiero.

"Ha detto che dovresti farti impiantare un CC se vuoi sopravvivere qui".

Subito dopo, Julia notò lə commessə voltarsi per guardarli dritti in faccia per la prima volta. Sembrava arrabbiatə e risentitə.

Lei si agitò e sussurrò: "Che succede?"

Ronin cercò di contenere un sorriso fiero e arrogante e disse: "L'ho mandatə... a farsi fottere. Per questo ha reagito così male, dato che, chiaramente, non può".

Julia avrebbe voluto abbracciare Ronin, ma si limitò a rivolgergli un sorriso caloroso, grato e felice: nessuno l'aveva mai difesa in quel modo. Eppure, non bastò a levarle quel senso di totale e assoluta alienazione che provava dal momento in cui aveva messo piede sul Disco.

"Andrà meglio", disse Ronin a bassa voce, "quando saliremo sulla nave, la prossima settimana... La maggior parte del personale militare ha le laringi elettroniche".

Le labbra di Julia non sapevano se piegarsi all'in su oppure in giù. Furono i suoi occhi, infine, a indicare che voleva fidarsi di lui.

Dopo aver indossato i vestiti nuovi, che le sembravano effettivamente più adatti di quelli che la señora Ellora aveva fatto per lei a Boulder, Julia non uscì immediatamente dal camerino. Alzò lo sguardo e sbuffò guardando il suo riflesso sulla parete riflettente. Strizzò le palpebre, le sue labbra si mossero nervosamente a sinistra e a destra, e disse tra sé e sé: *Immagino che sia giunta l'ora di diventare una di loro.* Julia fece un lungo e profondo respiro e uscì dallo spogliatoio.

Deglutì, poi esibì un sorriso carico di ansia. A Ronin piaceva il suo nuovo look? Ronin non disse nulla, niente di niente. In verità, sembrava deluso. Quando lei gli chiese cosa non andasse, lui scrollò le spalle e inspirò. Quando espirò, bisbigliò che, seppure quel completo a due pezzi si adattasse perfettamente il suo corpo, secondo lui stava molto meglio con gli abiti da downsider che mostravano la sua morbida pelle scura. Avrebbe preferito non doverla trasformare in un'upsider.

Julia aggrottò le sopracciglia, quindi lo fissò, in attesa di una risposta. Lui alzò gli occhi al cielo, ma poi le disse che stava bene comunque e lasciarono il negozio.

Due lunghi minuti dopo — lunghi perché quei vestiti la obbligavano a camminare con eccessivo autocontrollo — Julia vide Ronin indicare una grande porta decorata alla loro destra: il Grand Earth. Un hotel che ospitava gli stranieri.

"Vieni con me?"

“Posso restare un po’ ma non per tutta la notte, né posso accompagnarti in camera”.

Lei lo guardò con un’aria evidentemente perplessa. Allora lui le disse: “Le persone quassù si incontrano di persona solo nelle aree pubbliche o negli uffici, e solo se una discussione o un evento non possono avvenire tramite diginnessione, come ad esempio nel caso di un pasto o di uno scambio di merci”.

“Giusto”. Julia sosspirò rammaricata, poi disse, con un tono leggermente dispiaciuto: “Per quanto tempo ancora dovremo continuare a mentire, Ronin? Pensavo che venendo qui avrei potuto stare di più con te, senza dovermi nascondere dalle guardie”.

Ronin scrollò le spalle timidamente, ma vedendo l’espressione sinceramente scoraggiata di Julia, sussurrò: “Finché non partiremo K'Tara. Il generale Gengis sa che le persone che vanno lì con lui ci vanno per vivere come sono state concepite a fare, il che include la possibilità di avere un... un compagno”. Guardandola con uno sguardo particolarmente intenso, aggiunse: “Io posso farcela... se ce la fai tu”.

Julia sospirò, infine sorrise e disse: “Ok”.

Ronin seguì Julia nell’hotel, dove la aiutò a fare il check-in, il tutto con un minimo di sconforto. Quando lei si sorprese per l’accoglienza del personale e Ronin le disse che erano così gentili perché erano sintetici, la prima reazione di Julia fu una smorfia stranita.

"Tuo padre li chiama robot, ma venivano anche chiamati androidi prima dell'Era cibernetica".

Gli occhi di Julia si spalancarono; non l'avrebbe mai capito se non glielo avesse rivelato. Quando si rese conto che stava fissando un facchino-bot — così Ronin aveva chiamato quell'individuo vestito da facchino — istintivamente pensò che si sarebbe arrabbiato, ma quello la guardò senza far altro che un ampio sorriso.

Julia si grattò il capo, borbottando qualcosa tra sé e sé.

Ronin, che aveva notato la sua reazione, disse: "Non sono capaci di arrabbiarsi. Ci assomigliano e sanno parlare e mandare messaggi, ma si limitano a vivere emozioni piacevoli. Infatti, anche i robot di sicurezza sorridono quando un... argh, che diamine... Quando si occupano di un cittadino refrattario".

Ronin aveva ancora qualche difficoltà a parlare fluentemente. Non era tanto la pronuncia delle parole a scoraggiarlo: la sua laringe elettronica gli permetteva di enunciarle alla perfezione. No, era il *semplice* processo di tradurre i suoi pensieri in parole per poi comunicarle al dispositivo che le trasformava in suoni a risultargli fastidiosamente *complesso*. Seppure avesse un immaginario ricco e fluido, un immaginario combinato con un vocabolario altrettanto vario che utilizzava per le comunicazioni tra mente e computer, spesso trovava difficile attingere a quelle risorse nel momento in cui doveva elaborarle attraverso la propria voce.

Julia gli rivolse un sorriso comprensivo, ma si voltò subito a guardare il facchino, per vedere se sorrideva ancora. Ancora la turbava pensare a quell'individuo come a un oggetto qualsiasi. Perciò, si girò nuovamente verso Ronin, con un'espressione che palesava quanto tutto ciò fosse assurdo per lei, e lo seguì in direzione del ristorante che si trovava dietro la hall.

Julia si rallegrò nel constatare che — almeno lì — comunicare a voce non era malvisto. Infatti, alcuni degli altri ospiti stavano facendo lo stesso. Suppose che anche loro non fossero nativi del Disco. Altri, probabilmente, provenivano da qualche altro pianeta dove l'integrazione Tech non era avanzata come ad Upside. Comunque, anche se parlavano, lo facevano con lo stesso tono silenzioso di Ronin; quindi, erano presumibilmente abituati a venire lì e conoscevano le usanze del posto. Questo dettaglio le fece tornare uno sconfortante senso di alienazione.

Mentre mangiavano, dando dei piccoli morsi a quel cibo dagli aromi insoliti e dalla strana consistenza che Ronin aveva ordinato, Julia lo interrogò su ogni sorta di argomento, mettendolo alquanto a disagio. Per esempio, gli chiese come si facesse a stabilire se un individuo — non aveva idea di quale parola usare, dato che i robot, de facto, non erano persone — fosse un essere umano, un robot, un maschio, una femmina o qualcos'altro. Gli chiese anche se esistessero leggi per tutelare i diversi tipi di individui. Ronin rispose pazientemente a tutte le sue domande, pur mostrandosi teso. Forse perché aveva paura di parlarne in un luogo dove chi veniva tirato in causa avrebbe potuto sentirlo. Tuttavia, come aveva notato Julia, nessuno gli stava prestando alcuna attenzione.

La risposta di Ronin alla domanda sulla distinzione tra esseri umani e robot fu la più strana per lei fino a quel punto. Disse: "Beh, tutti i robot hanno un solco sulla nuca che mostra dove il cranio può essere aperto per la manutenzione, ma non è sempre visibile a causa dei capelli. Invece, chiunque abbia un colore della pelle innaturale è sicuramente un essere umano perché i sintetici devono avere un colore della pelle normale".

Quando gli chiese stupita perché i robot, o meglio, i sintetici, non fossero costretti ad avere un colore distintivo, Ronin scrollò le spalle imbarazzato, poiché non sapeva cosa rispondere.

Finito il dessert — una torta nera, spugnosa e gelatinosa con macchioline che sembravano stelle — Ronin pagò il pasto e si diressero verso l'ascensore. Lì, si salutarono con sospiri silenziosi, carezze furtive e allusioni ad affari di cui fingevano di discutere, ma anche con la promessa che Ronin sarebbe venuto a prenderla la mattina dopo, alle 08:00 in punto, per condurla al Centro di Reclutamento Militare. Quando Julia iniziò a ringraziarlo per il suo aiuto in quella giornata così stressante, Ronin smise di ascoltare e si bloccò, o almeno così le sembrò. In effetti, aveva reagito in quel modo diverse volte da quando erano arrivati sul Disco, ma lei non gli aveva mai chiesto niente. Questa volta, invece, lo incalzò, e lui rispose con un leggero imbarazzo che il suo digi-mate lo aveva contattato per ricordargli che aveva un appuntamento alle 08:00, il quale avrebbe richiesto quindici minuti per essere completato e che quindi non avrebbe potuto venire da lei prima delle 08:30.

"Ti stava ascoltando? Come faceva a sapere che avevi preso un appuntamento con me alle otto?"

Ronin annuì: "Siamo sempre connessi, a meno che non interrompa intenzionalmente le comunicazioni".

Julia sbuffò e fece un commento scoraggiato riguardo a quanto aveva ancora da imparare su Upside, chiedendosi se sarebbe mai stata in grado di adattarsi. Ronin le prese la mano e la strinse delicatamente. Lei sospirò, si sforzò di sorridere, poi si separarono.

Dopo essere arrivata in camera sua al novantesimo piano dell'hotel e aver disfatto i suoi modesti bagagli, avendo notato che non c'erano schermi di alcun tipo, Julia si fece una doccia sorprendentemente rilassante, nonostante la frustrazione causata inizialmente dall'illogico funzionamento dei controlli dell'acqua. Poi, si sdraiò su una poltrona sospesa davanti alla finestra, dove passò svariate ore a ripensare a tutto quello che aveva vissuto da quando era arrivata ad Upside, o sul Disco, come lo chiamavano.

La sua mente era un turbinio di pensieri. Si chiedeva se sarebbe stata capace di inserirsi in un mondo dove in pochi usavano la voce; in cui sarebbe stata costretta a farsi impiantare un chip nel cervello per poter ricevere gli ordini o sentire i discorsi di persone che non amavano usare la voce; in cui non si distinguevano nemmeno gli esseri umani dalle macchine; in cui le persone stavano insieme in pubblico per discutere di affari e di rado per scopi personali, ad esempio mangiare in compagnia, o — come Ronin le aveva detto mentre erano al ristorante — andare a un concerto: uno degli unici eventi in cui gli upsider potevano sperimentare la musica e la convivialità. Ad ogni modo, non erano soltanto le persone e la loro cultura a farla sentire a disagio. C'era anche la totale estraneità del luogo che brillava fuori dalle finestre, a rivelare forme e strutture che non aveva mai nemmeno immaginato; cose che non riconosceva e nemmeno capiva. Certo, c'erano anche alberi, arbusti e piante da fiore ovunque, e c'erano anche laghetti e ruscelli gorgoglianti. Erano bellissimi. Ma era tutto artificiale. L'aria, in particolare, aveva una strana qualità.

Solo due cose la confortavano: il fatto che non desse più così nell'occhio, se non si prestava attenzione al suo viso butterato e imperfetto, e il fatto che lei e Ronin andassero d'accordo, nonostante lui fosse un upsider. Questo pensiero le ricordò di come lui aveva insultato il commesso del negozio di abbigliamento; così, si fece una bella risata, un momento di spensieratezza di cui aveva veramente bisogno. E dopo aver riso, riuscì finalmente a rilassarsi e sprofondare in un piacevole sonno.

✳ ✳ ✳

La mattina dopo, alle otto e mezza esatte, Ronin andò a prendere Julia per accompagnarla al CRM.

Ci misero venti minuti per raggiungere la scala mobile che portava al Livello 2 — il livello militare, venti minuti trascorsi a camminare prima su pavimenti insoliti o tappeti mobili, e poi ancora su altri tappeti e altri pavimenti. Julia notò che, più si allontanavano dalla Sezione extraterrena, più le tipologie, i colori e le forme degli individui intorno a loro cambiavano.

Julia seguì Ronin verso la lunga scala mobile che portava visitatori e personale al Livello 2. Mentre salivano la scala, stare in mezzo a tutti quegli upsider le fece trottare freneticamente il cuore. Poi, le tornò in mente che la gente non la notava più, ora che indossava degli abiti adatti, e si tranquillizzò almeno un poco.

Lì da dove si trovavano, una volta salita la scala mobile, si rese conto di poter osservare lo strano popolo di cui faceva parte Ronin senza paura. Comunque, era sempre più convinta che, anche se li avesse fissati dritti negli occhi, quelli a malapena l'avrebbero notata, nonostante le evidenti differenze. In effetti, sembravano tutti essere presi da qualche affare extraterreno che solo loro conoscevano; anche Ronin passava sempre più tempo a fissare il nulla mentre si avvicinavano alla struttura. Intanto, lei studiava la *moltitudine* — così aveva deciso di denominare quel mix di persone e robot — cercando di darle una forma e un'identità in quell'incanalamento meditativo indotto dal flusso delle scale mobili.

Erano proprio bizzarri. Ovviamente, aveva già visto alcuni upsider giù sulla Terra, ma mai così tanti e mai di tutti i colori, le sfumature e le varietà in cui le si presentavano adesso. Circa il sessanta o settanta per cento degli individui le sembravano completamente meccanizzati o full-mec, come li chiamava Ronin, almeno a giudicare dalla perfezione dei loro corpi e dall'insolito colore della pelle dei più. Infatti, c'erano persone con sfumature di verde, marrone, blu o bianco, e non erano affatto come i toni irregolari della sua gente: la loro pelle era perfettamente uniforme e liscia, e... e ultraterrena. Il resto della moltitudine che riusciva a vedere era apparentemente composto per lo più da esseri umani parzialmente potenziati, con colori della pelle normali, proprio come Ronin. Solo alcuni di loro sembravano robot, lo si poteva capire dal solco che era possibile intravedere sulla nuca tra i loro capelli. Tuttə se ne stavano in silenzio a fissare il vuoto.

Julia stava studiando i lineamenti di un individuo particolarmente bello e affascinante che indossava un'uniforme militare. Quando si voltò improvvisamente e si incrociarono i loro sguardi, Julia sussultò. In quel momento, una dozzina di individui, che ipotizzava fossero umani, si voltarono a guardarla. Non si lasciarono sfuggire neanche un bisbiglio per dirle quello che pensavano, ma lei capì dal loro sguardo che si erano infastiditi nello scoprire che tra loro c'era una tuttumana. Ronin, dopo aver notato quel che accadeva, mosse la mano il più lentamente possibile per accarezzare quella della ragazza e calmarla. Al contatto con la sua pelle, Julia dovette trattenere un altro sussulto e, pur provando gratitudine per quel gesto, non poté fare a meno di chiedersi per quanto tempo ancora avrebbe dovuto continuare a reprimere i propri istinti naturali.

All'improvviso, tutte le persone che si erano girate verso di lei tornarono prontamente a fissare il vuoto, esattamente come facevano prima di essere interrotti dal sussulto di Julia. La ragazza si chiese cosa stessero pensando o facendo ora. Si stavano lamentando tra loro o con altri di quella rumorosa tuttumana? Stavano lavorando? Stavano scambiando informazioni con i colleghi? Discutevano di problemi con un supervisore? O perché no, stavano pianificando la giornata con il loro coniuge? No! Impossibile; come le aveva detto Ronin, nessuno si accoppiava lì ad Upside. Quell'affermazione le faceva ancora un po' paura, ma pregava che Ronin avesse ragione sul Generale Gengis e che avrebbero potuto vivere insieme una volta arrivati su K'Tara.

Quando finalmente arrivarono in cima alla lunga scala mobile, Ronin mandò: *"Laggiù"*. Julia non lo sentì, naturalmente, e quasi si scontrarono. Ronin si scusò e sussurrò: "Scusa, a volte dimentico che non hai ancora un CC". Indicò con il mento un piccolo edificio sferico a fianco a quel grande palazzo che l'aveva colpita quando osservava l'orizzonte dalla piattaforma dello spazioporto del Livello 1.

Non appena Julia vide la struttura con il simbolo medico, gemette. Era già stata sottoposta a due procedure mediche: la prima sulla Terra poco prima di partire, per accertare che non avesse malattie infettive; al suo arrivo ad Upside, per l'innesto di un localizzatore nella pancia; e ora, di nuovo, per avviare la sostituzione della sua intera flora batterica, un processo che avrebbe richiesto diversi giorni, ma che era un requisito fondamentale per chiunque intendesse diventare un upsider. Ciò l'aveva scioccata non tanto perché sottoponevano le persone a una tale procedura, bensì per il fatto stesso che *esistesse* una tale procedura. Questo implicava che non era l'unica a salire ad Upside. Si emozionò in seguito a questo pensiero, ma Ronin la smontò subito spiegandole che la procedura era in realtà destinata agli immigrati extraterrestri. I robot — o med-bot — le avrebbero eseguito anche una scansione completa del suo corpo per determinare le sue condizioni di salute e fornirle un elenco di organi e di altre parti del corpo che avrebbe potuto desiderare o che avrebbe potuto aver bisogno di sostituire con parti sintetiche o meccaniche. Come se disponesse dei crediti per poterle comprare... Un'operazione che l'esercito era disposto a finanziare, *invece*, era l'impianto del chip cerebrale, ma solo dopo aver superato con successo i test probatori. *Test probatori*. Ronin aveva cercato di spiegarle cos'erano, e non sembravano affatto piacevoli... Quando Ronin era sceso a Downside per la prima volta, si era sentito smarrito quanto lo era lei ora?

Entrare nella struttura medica sconvolse Julia un po' come tutto il resto, perché in sala d'attesa sentiva i suoni delle *persone*, sentiva gli esseri umani potenziati tossire, affannarsi o semplicemente lamentarsi per il dolore che provavano. Il rumore dei malati le fece provare per la prima volta la sensazione di essere tornata sulla Terra e si sentì ironicamente a suo agio.

Tuttavia, il parallelismo era limitato a questo, poiché qui tutti sembravano soli e solo i loro sguardi fissi sulla parete e qualche lieve movimento sui loro volti indicavano che erano in contatto con qualcuno da cui, forse, stavano ricevendo una qualche forma di sostegno emotivo. A Downside, il paziente era sempre accompagnato da un familiare o da un amico che lo confortasse, a meno che non fosse un clochard.

Dopo aver fatto un cenno a Julia per indicarle dove sedersi, Ronin si recò alla reception. Julia non lo sentì parlare, ma vide quella che sembrava essere una femmina mezzo-mec che gesticolava nervosamente con altre due persone in ufficio. Alla fine, la donna superò Ronin, si avvicinò a Julia e, con una voce elettronica gutturale, disse: "Non sappiamo che fare con te. Dovrai aspettare".

Tuttə si voltarono a fissare la coppia. Ronin li squadrò a sua volta e quelli si rigirarono. Mentre la segretaria si allontanava, Julia la richiamò. Quella si fermò e si girò, con un'espressione evidentemente infastidita.

"Mi è stato detto che dovreste iniziare un... trattamento sostitutivo batterico e poi scansionare il mio corpo".

"So perché sei stata mandata qui. Tuttavia, non hai un'anamnesi digitale da esaminare, quindi non abbiamo i moduli giusti da farti compilare. Dovrai aspettare".

Julia e Ronin attesero per un'ora intera.

Quando la dipendente sanitaria finalmente tornò, disse: "Ho bisogno di scaricare i dati medici che hai accumulato dal tuo arrivo, ma dal momento che sei qui da solo un giorno e non hai ancora una vita digitale adeguata, dovrai compilare anche questi altri moduli".

Julia prese il tablet, poi, con un dito, toccò quello che teneva in mano la donna per autorizzare il download dei suoi dati. Fatto ciò, rispose ad una lunga serie di domande, mentre la dipendente tornava alla sua postazione e indirizzava un paziente dopo l'altro nei rispettivi ambulatori. Il suo turno non arrivò molto presto; ormai era quasi mezzogiorno e lei non aveva ancora mangiato nulla.

***

Più volte, mentre aspettava da sola nell'ambulatorio o con Ronin in sala d'attesa, Julia si chiese se avesse commesso uno sbaglio. E quando arrivò uno dei med-bot e cominciò a sondarla come se fosse un macchinario qualsiasi, piangendo pensò all'eventualità che il med-bot la dichiarasse inadeguata per Upside. In seguito, la fecero tornare brevemente nell'atrio e a quel punto si chiese anche se sarebbe mai riuscita ad abituarsi alla vita tra gli upsider, nonostante il supporto e l'aiuto di Ronin. Poi, mentre aspettava in un altro ambulatorio, le tornò in mente che tutto questo era solo temporaneo e che, una volta raggiunto quel lontano pianeta di cui Ronin continuava a parlare, sarebbero riusciti a vivere una vita normale; una vita tra tuttumani e su un pianeta più sano della Terra. Quella prospettiva le infuse coraggio e continuò ostinatamente a fare ciò che le veniva richiesto, per quanto stancante.

Era quasi passata la metà del pomeriggio quando Julia terminò tutte le procedure mediche, ma alla fine fu dimessa dal Centro Medico e mandata al Centro di Arruolamento lì accanto, anche se si sentiva ancora un po' nauseata dalla procedura di sostituzione batterica. Mentre camminavano, Julia rilesse il report del med-bot e scosse la testa. Il rapporto indicava che doveva sostituire gli occhi e il pancreas! Voleva chiedere a Ronin che follia fosse mai questa, ma sapeva di non poter fare un'altra scenata, così spense il tablet e lo infilò nella tasca posteriore scuotendo di nuovo la testa e ricordando quello che Ronin le aveva detto nel momento in cui glielo avevano consegnato: avrebbe dovuto custodire e portare sempre con sé quel tablet d'ora in avanti, a meno che non sostituisse una delle sue braccia con un braccio meccanico dotato di un display digitale. Quasi ringhiò un "Ma che c***o!" a quel suggerimento. Per la prima volta, Ronin scoppiò a ridere ed era una risata sincera e fragorosa. Julia quasi gridò per l'indignazione quando capì che la stava prendendo in giro. Certo, le infermiere e i pazienti li fissarono severamente mentre uscivano e Ronin si dovette scusare, ma alla fine ci risero sopra insieme, camminando. Era stato bello, anzi fantastico, sfogare lo stress, anche se solo per un minuto.

Ma a una decina di metri dal Centro di arruolamento, Julia si fermò e si voltò verso Ronin con espressione tesa, colma di apprensione. Disse: "Ci siamo". Quindi, studiò il viso di Ronin, cercando di capire se credeva ancora che fosse una buona idea unirsi alla missione del Generale. Dalla sua espressione intuì che era combattuto, forse per via di tutto lo stress a cui lei era stata sottoposta da quando erano arrivati ad Upside.

Lui replicò con una voce leggermente in tensione e un sorriso insicuro ma speranzoso in volto: "Sì, ci siamo. Sei pronta?"

Julia fece un respiro profondo e tremante, deglutì, poi annuì. Entrarono.

***

Julia venne messa sotto esame dall'esercito di militari e ufficiali, che la fecero passare da un ufficio all'altro, su e giù, e poi a destra e a sinistra: tutto ciò le causò quasi un esaurimento nervoso. E non c'era nemmeno bisogno di dirlo a Ronin, quando lo raggiunse in sala d'attesa; lui già lo sapeva.

Sussurrando, Ronin le raccontò come si era sentito lui, quando si era unito all'esercito più di un anno prima: era stato deludente e umiliante. Non a caso, si era chiesto più di una volta se l'esercito fosse un covo di idioti. A un certo punto, durante il suo secondo mese di apprendistato, un'illuminazione lo aveva centrato in pieno, come un colpo basso: il processo di reclutamento, gli ufficiali apparentemente idioti e il personale civile, tutto *doveva* essere *esattamente* così; bisognava estirpare fin dall'inizio coloro che non erano in grado di affrontare il caos — una sensazione che chi restava avrebbe sicuramente dovuto affrontare anche in guerra. Julia non era così sicura di aver colto il ragionamento di Ronin, ma suppose che col tempo l'avrebbe capito da sé.

Dopo essere stata interrogata da tre diversi sergenti, dopo essere stata inviata in cinque stanze diverse per essere sottoposta a test di cui non conosceva nemmeno l'esistenza e dopo aver compilato otto diversi questionari, Julia fece ritorno da Ronin con un'aria turbata e scombussolata.

"Non mi hanno detto niente, se non di rimanere nel complesso e di presentarmi al centro di inserimento delle nuove reclute domani alle 7:00. E che hanno una stanza per me all'Imperial Praetorian".

Un sorriso apparve sul volto di Ronin, ma poiché lei s'aspettava invece compassione, gli chiese cosa avesse da rallegrarsi e, per la prima volta da quando l'aveva portata ad Upside, lui rispose euforico: "Sai cosa significa?"

Pur essendo ancora un po' stordita, indovinò la risposta e la speranza le sbocciò in viso.

****

Due settimane dopo l'arrivo di Julia sul Disco, lei e Ronin erano in coda all'imbarco della Galactic, in quel giorno del 13 luglio del 4632 d.C. Aspettavano già da due ore tra le file sempre più lunghe e gremite di membri dell'equipaggio militare e civile, ma lei non sembrò renderseno conto, ipnotizzata dalla natura mozzafiato della nave su cui stavano per salpare. Tuttavia, ciò che la affascinava ancor più era la nervosa aspettativa che percepiva nelle persone che la circondavano, Ronin incluso.

Non capendo perché tutti fossero così ansiosi, lo chiese a Ronin sussurrando.

Lui rispose con lo stesso tono di voce: "Il Generale Gengis e l'Imperatrice Alia terranno un discorso tra trenta minuti".

Julia sbuffò e il compagno di stanza di Ronin, che stava alla sua destra e che aveva conosciuto lì in quel momento, disse, un po' bruscamente: "Non li hai mai sentiti? Nemmeno via diginnessione?"

Julia resistette al desiderio di sfidare il tono presuntuoso di Dovard e scosse la testa per dire di no.

Dovard alzò gli occhi al cielo e a Julia parve che lui sapesse qualcosa sul suo conto che *lei* non sapeva. Guardò

64

Ronin, il quale fece un gesto sprezzante diretto all'amico, per poi tornare ad osservare lo spettacolo che si stava creando.

Poche file davanti a loro, un individuo si voltò e incrociò lo sguardo di Julia. Il suo cuore si interruppe per un istante; lo riconobbe. Era lo stesso full-mec con cui aveva incrociato lo sguardo mentre saliva sulla scala mobile nel giorno del suo arrivo. Julia non riusciva a togliersi di dosso il suo sguardo. Cosa voleva? Perché continuava a fissarla? Fece un lungo respiro di sollievo, non appena la lasciò finalmente in pace.

Erano esattamente le 12:30, quando un cinguettio risuonò nel CC di ogni singola persona presente per la partenza della Galactic. Come un'unica creatura, Ronin e tutti gli altri rivolsero la testa verso il palco — a eccezione di Julia, che non aveva sentito nulla.

Julia si chiese cosa stesse succedendo e voleva chiederlo a Ronin. Tuttavia, vedendo quanto tutti fossero affascinati da "chissà chi o cosa", decise di tenere in serbo le domande per dopo e di fare quello che facevano loro. Ma era così frustrante non poter ascoltare quello che sentivano gli altri. Sentivano della musica? Un discorso? Non c'era ancora nessuno sul palco, a parte un individuo che diede l'ultima sistemata... ai microfoni. *Allora,* parleranno *ad alta voce?*

Tutte le preoccupazioni di Julia svanirono quando sentì quasi tutti quelli che erano intorno rimanere senza fiato. Guardò Ronin con un'espressione smarrita quando vide salire sul palco due persone dall'aspetto soprannaturale. Erano forse il Generale e l'Imperatrice? *Ovvio. Chi altri sennò? Hai visto le loro foto.* Dibattendo interiormente, pensò: *Sembrano divinità.* L'altra parte di lei rispose: *Sì, divinità che tollerano l'ostracizzazione sistematica della nostra gente.* Julia scacciò via quei pensieri disturbanti e tornò a guardare lo spettacolo in corso.

Una potente voce ultraterrena si propagò attraverso lo spazioporto: "Difensori dell'Impero di Alia!"

Le prime parole di Gengis, pronunciate ad alta voce e la musica marziale che le accompagnava suscitarono dei gemiti increduli in ogni singola persona nel pubblico. Poco dopo, Ronin sbottò per la rabbia.

Julia si girò verso di lui.

Sussurrò: "Eventi come questo", allargò le braccia per indicare la gente intorno a loro e poi indicò le sue orecchie, "sono davvero rari. Così rari che..." Ronin fece un attimo di pausa per elaborare le parole, "la semplice attesa ci fa venire i brividi lungo tutta la spina dorsale, e questo suono — l'acustica — ci fa ardere dentro". Ronin fece un sospiro amareggiato e aggiunse: "Non dovrei reagire così; nessuno di noi dovrebbe. Vorrei poter spegnere i miei sensi e il mio cervello adesso, ma non posso".

Dopo aver sentito parlare il compagno, Dovard alzò le sopracciglia con aria consapevole e disse: "È tutta biologia, Ronin; biologia e tecnologia".

Ronin sospirò cupo.

Dovard guardò Ronin come se stesse parlando con lui, ma non uscì alcuna parola. Notando il fare interrogativo di Julia, passò al parlato acustico: "Scusa, Julia. Stavo dicendo a Ronin che... almeno dovrebbe essere contento di poter disattivare le comunicazioni in uscita quando vuole".

Julia scosse la testa e Ronin ingoiò qualsiasi altra osservazione stesse per fare.

Sul palco, il Generale Gengis, Proconsole della Terra e delle sue colonie, si ergeva con un sorriso radioso, salutando la folla con le braccia tese in alto verso l'oscura vastità celeste. Era sicuramente consapevole della presa che il suo discorso e la musica avevano sul pubblico. Lasciò assaporare ai cinquantamila soldati e civili presenti il piacere del suono, finché con i loro sguardi rapiti e i loro mugolii, continuò: "Siete qui riuniti e pronti a salire a bordo della Galactic perché c'è una rivolta in atto", fece un cenno dietro di sé, dove una proiezione apparì sulla fiancata della nave, "una rivolta che sta devastando Kepler, una rivolta che potrebbe superare i confini planetari e che è nostro dovere sedare, cosicché gli abitanti di Kepler e noi tutti potremo continuare a beneficiare in pace della buona volontà dell'Imperatrice".

A quel punto, una voce apparentemente sbucata dal nulla chiese, con tono alto ed esigente: "Ma perché è necessario intervenire?"

E una voce perfettamente modulata — la più perfetta di tutta la galassia — rispose alla domanda mandando chi l'ascoltava in estasi: "Perché siamo una razza interconnessa: un solo organo compromesso danneggia il corpo intero".

L'Imperatrice Alia si fermò per un attimo, creando suspence, e poi intonò: "Cittadini della Terra, voi siete le mie braccia, le mie gambe, il mio cuore! Dunque, andate e riparate!"

La folla esplose in un canto accompagnato dalla musica che si poteva sentire fino al primo e al terzo livello del Disco. Il pubblico, formato da full-mec, mezzo-mec e sintetici, rispose in coro da entità unica, proprio come tutti avevano imparato o erano stati programmati a fare, a prescindere da qualsiasi obiezione potessero avere in merito al Grande piano dell'Imperatrice. Cantarono: "Dalla Terra siam pronti a salpare, riparare è la nostra missione! Dalla Terra siam pronti a salpare, riparare è la nostra missione! Dalla Terra..."

Julia si voltò verso Ronin, terrorizzata all'idea che anche lui fosse preso a intonare quel folle canto.

Eppure, qualcosa gli impediva di sprofondare nell'abisso di quell'estasi sgradita, tant'è che dopo aver lanciato un'occhiata apprensiva a Dovard, si rivolse a Julia con la voce rotta e sommessa: "Voglio chiuderla il prima possibile con questo posto. Una volta per tutte".

Continua

AUTORE & TRADUTTORE

L.A. Di Paolo, l'autore, è italo-americano, canadese di nascita, e trilingue. Vive a Milton, nel Vermont. Di giorno, grazie alla sua esperienza in scienze e business, gestisce progetti di sviluppo nel campo della farmaceutica. Di notte, scrive per trovare risposte alle domande che lo arrovellano riguardando: l'evoluzione, la natura e la condizione umana. E ha iniziato a farlo, dapprima sui giornali studenteschi, poi su una rivista che ha scritto e pubblicato, e ora qui — nel suo primo romanzo.

Per saperne di più sui Conquistatori di K'Tara o sull'autore, visita https://ladipaolo.net/it/home-i/ o scannerizza il codice qui sotto.

Il traduttore, Paolo Pilati, è un giovane italiano nato e cresciuto in Trentino. Ora, vive a Torino, dove si è laureato in Traduzione e ha iniziato la sua attività di traduttore. I suoi studi letterari l'hanno portato a esplorare testi di natura profondamente diversa, con un particolare focus sulla traduzione delle letterature 'ibride' del periodo coloniale e post-coloniale.

Oltre alla letteratura e alla traduzione, la sua passione è la musica, passione espressa attraverso il progetto Electric Circus, attivo dal 2014.